필사의 기적,
세계문학을 담다

위의 QR코드를 스캔하면 녹음 MP3 전체 파일을 내려받을
수 있습니다. 또한, 필사와 함께 오디오북을 듣고 싶다면
각 작품의 쓰기 페이지 상단의 QR코드를 활용하세요.

필사의 기적, 세계문학을 담다

2025년 10월 10일 초판 1쇄 인쇄
2025년 10월 15일 초판 1쇄 발행

엮은이 더페이지
발행인 손건
편집기획 김미정
마케팅 최관호
디자인 김정희
제작 최승용
인쇄 선경프린테크
이미지 www.shutterstock.com

발행처 열린문학
주소 서울시 영등포구 영신로 34길 19
등록번호 제 312 - 2006 - 00060호
전화 02) 2636 - 0895
팩스 02) 2636 - 0896
이메일 elancom@naver.com

ISBN 979-11-7142-091-9   03800

"읽는 것을 넘어, 쓰며 느끼는 문학의 숨결"

필사의 기적,
세계문학을 담다

더페이지 엮음

열린
문학

필사, 문장을 따라 쓰며 나를 발견하는 시간

우리는 수많은 문장을 읽으며 살아간다. 어떤 문장은 잊히고, 어떤 문장은 마음에 남는다. 마음에 남는 문장을 반복해 읽고, 한 자 한 자 손으로 따라 써보는 일, 그것이 바로 '필사'다. 필사는 단순히 글을 베껴 쓰는 행위가 아니다. 그것은 글을 온몸으로 느끼고, 타인의 생각을 거쳐 나의 언어로 스며들게 만드는 깊은 독서의 한 방식이다.

필사의 시작은 느림이다. 우리가 일상에서 글을 소비하는 방식은 빠르다. 스크롤을 넘기며 읽고, 한눈에 정보를 훑는다. 그러나 필사는 그 반대다. 한 문장을 쓰기 위해 멈추고, 생각하고, 따라 쓴다. 손끝으로 옮겨지는 글자의 리듬을 통해, 문장의 숨결이 몸 안에 들어온다. 쓰는 과정 속에서 우리는 말의 결을 만지고, 저자의 호흡을 느끼며, 의미의 흐름을 이해하게 된다.

특히 문학작품을 필사할 때, 문장은 단순한 정보가 아니라 '느낌'과 '철학'이 된다. 아름다운 소설의 한 구절, 시인의 짧은 한 줄, 혹은 철학자의 단단한 문장을 손으로 적다 보면, 그 문장은 더 이상 남의 것이 아닌 내 것이 된다. 예를 들어, "새는 알을 깨고 나온다. 알은 세계다..." 같은 문장은 필사를 통해 더욱 깊은 울림으로 다가온다. 쓰는 동안 우리는 그 의미를 곱씹고, 내 삶과 연결 지으며 사유한다.

필사의 효과는 다양하다. 먼저, 집중력과 기억력이 향상된다. 손으로 직접 글을 쓰는 행위는 뇌를 활성화시키며 장기 기억에 도움을 준다. 다음으로는 문장력을 기를 수 있다. 좋은 문장을 반복해서 쓰는 과정은 자연스럽게 글쓰기의 감각을 익히게 해준다. 특히 작가나 창작자를 꿈꾸는 사람에게 필사는 훌륭한 훈련이 된다. 또한 필사는 마음을 다스리는 행위이기도 하다. 복잡한 생각을 정리하고, 혼란스러운 감정을 가라앉히는 데에도 큰 효과가 있다. 필사는 단순한 작업 같지만, 그것은 곧 '글을 통해 나를 정돈하는 시간'이다.

그렇다면 어떤 글을 필사하면 좋을까? 정답은 없다. 중요한 건 내가 그 문장을 좋아하느냐, 그 문장이 나에게 말을 걸어오느냐이다. 『어린 왕자』의 순수한 문장들, 『데미안』의 철학적 문장들, 『자기 앞의 생』처럼 인생을 담은 문장들, 혹은 시 한 편, 고전 수필 한 대목도 좋다. 시인의 문장을 천천히 따라 쓰는 것만으로도 깊은 위로와 울림을 받을 수 있다.

필사는 특별한 도구를 필요로 하지 않는다. 공책 한 권과 펜 하나면 된다. 다만, 쓰는 시간을 정하고, 한 번에 너무 많은 양을 욕심내지 않는 것이 좋다. 한 문장, 한 단락, 한 페이지씩 천천히. 중요한 건 속도가 아니라, 그 문장을 온전히 느끼는 것이다. 필사의 목적은 결과가 아니라, 그 과정을 살아내는 데 있다.

마지막으로, 필사는 자기 자신을 위한 선물이다. 필사 노트가 한 장, 두 장 채워질수록 그 안에는 누군가의 언어가 아니라, '내가 감동한 세계'가 담기게 된다. 필사는 결국 나를 쓰는 일이다. 타인의 문장으로 나의 마음을 써내려가는, 가장 조용하고 아름다운 독서법이다.

차 례

차 례

PART 3. 독일문학

차 례

세계명작, 명장면으로 문학을 담다

PART 1

영미문학
40선

001 오만과 편견 제인 오스틴

첫 인상의 함정

"오만은 자신을 얼마나 크게 여기느냐에서 비롯되고,

편견은 타인을 얼마나 적게 이해하느냐에서 비롯된다."

엘리자베스는 다아시를 처음 보았을 때

거만하고 냉정한 사람이라 여겼다.

그의 침묵은 무례로 보였고, 그의 말은 차갑게 들렸다.

그러나 시간이 지나자,

그는 말보다 행동으로 마음을 전하는 사람이었다.

그는 묵묵히 그녀의 가족을 도왔고, 아무 대가도 바라지 않았다.

그제야 엘리자베스는 자신의 오해를 깨달았다.

첫인상에 휘둘려 그의 진심을 보지 못했던 것이다.

이 장면은 오늘의 나에게도 여전히 유효한 성찰의 거울이 됩니다. 필사하며 선입견이 누군가와의 관계에 어떤 영향을 주었는지 돌아보고, 이어서 "나는 누구를 잘못 판단한 적이 있는가?"를 조용히 자문해 보세요.

002 두 도시 이야기 찰스 디킨스

가장 좋은 일

시드니 카턴은 단두대 앞으로 천천히 걸어갔다.

그의 얼굴에는 두려움보다 평온이 깃들어 있었다.

"이것은 내가 지금껏 한 일 중 가장 훌륭한 일이다."

그는 자신이 사랑한 여인을 위해,

그리고 그녀의 행복을 위해 모든 것을 내려놓았다.

발걸음이 멈추는 순간, 그의 마음속에는

새로운 시작과 영원한 안식이 동시에 찾아왔다.

이 장면은 사랑과 희생이 얼마나 고귀한 선택이 될 수 있는지를 보여줍니다. 필사하며 희생이 두려움이 아니라 자유가 될 수 있음을 떠올려 보고, 이어서 "나는 누구를 위해 나를 내어줄 수 있는가?"를 조용히 자문해 보세요.

필사후기

위대한 유산 찰스 디킨스

진정한 가치의 발견

"사람의 가치는 그가 가진 재산이 아니라,

그가 품은 마음에 있다."

피프는 젠틀맨이 되겠다는 꿈에 사로잡혀,

자신의 출신과 과거를 부끄러워했다.

허영과 오만 속에서,

그는 곁을 지켜준 사람들의 마음을 잊었다.

그러나 모든 것이 무너지고 난 뒤, 그는 깨달았다.

진정한 품격은 재산과 지위에서 오지 않는다는 것을.

그는 조와 비디의 변함없는 따뜻함 속에서,

자신이 잃었던 것을 되찾았다.

그 순간,

피프의 마음에는 부끄러움 대신 감사가 자리했다.

이 문장은 과거의 후회를 오늘의 성찰로 바꾸어 줍니다. 차분하게 필사하며 삶에서 '가치'를 잘못 판단했던 순간을 떠올려 보고, 이 어서 "나는 무엇을 잃고 나서야 소중함을 깨달았는가?"를 조용히 자문해 보세요.

004 제인 에어 샬롯 브론테

나 자신으로 서다

"나는 나 자신을 끝까지 지켜야 한다.

사랑이 그것을 무너뜨려서는 안 된다."

제인은 로체스터를 깊이 사랑했지만,

그의 비밀을 알게 된 순간 마음이 흔들렸다.

그의 곁에 남는 것은 사랑이었지만,

그것은 동시에 자신을 잃는 일이었다.

그녀는 떠나기로 결심했다.

아무리 가슴이 찢어져도,

존엄과 자유를 포기할 수는 없었다.

어두운 길을 홀로 걸으며,

제인은 비로소 알았다.

사랑이란

서로의 영혼을 존중할 때만 진실하다는 것을.

이 장면은 단순한 사랑 이야기를 넘어 스스로의 가치를 지키는 용기를 일깨워 줍니다. 필사하며 삶의 선택 중 '사랑보다 지켜야 했던 것'을 떠올려 보고, 이어서 "나는 관계 속에서 나를 잃지 않았는가?"를 자문해 보세요.

필사후기

005 폭풍의 언덕 에밀리 브론테

영혼의 속박

"나는 나 자신이 아니라, 바로 당신이다.

우리의 영혼은 같은 재질로 만들어졌다."

캐서린은 히스클리프를 향한 사랑이 단순한 감정이 아니라,

존재의 일부임을 고백했다.

그러나 그 사랑은 동시에 두 사람 모두를 갉아먹는 상처였다.

사회적 지위와 체면,

오해와 자존심이 그들을 갈라놓았고,

그 틈은 시간이 흘러도 아물지 않았다.

히스클리프는 그녀 없이는 살 수 없었고,

그녀 역시 그를 잊을 수 없었다.

사랑은 그들을 묶었지만,

그 끈은 행복이 아니라 파멸로 이끌고 있었다.

이 장면은 사랑의 힘과 동시에 그 위험성까지 드러냅니다. 필사하며 내가 누군가를 사랑했을 때 그 사랑이 나를 어떻게 변화시켰는지 돌아보고, 이어서 "사랑이 나를 세우는가, 아니면 무너뜨리는가?"를 자문해 보세요.

1984 조지 오웰

진실의 종말

"전쟁은 평화고, 자유는 예속이며, 무지는 힘이다."

윈스턴은 진실을 기록하고 싶었지만,

당은 모든 사실을 지워 재작성했다.

어제의 기록이 오늘 바뀌고,

오늘의 기억이 내일 뒤집혔다.

거짓이 반복되면 사람들은 그것을 믿게 되었고,

의심조차 사라졌다.

그는 줄리아와 함께 자유를 꿈꿨지만,

감시의 눈은 그들의 숨결까지 파고들었다.

결국 그는 고문 속에서 저항을 포기했고,

마음 깊은 곳까지 당에 굴복했다.

진실은 사라졌고, 사랑도,

자신도 더 이상 남아 있지 않았다.

이 장면은 단순한 소설이 아니라 지금 우리의 시대를 향한 경고로 다가옵니다. 필사하며 반복된 거짓이 어떻게 진실을 대신했는지 떠올려 보고, 이어서 "나는 어떤 상황에서 진실을 침묵시킨 적이 있는가?"를 자문해 보세요.

007 동물농장 조지 오웰

모두가 평등하다는 거짓

"모든 동물은 평등하다.

그러나 어떤 동물은 다른 동물보다 더 평등하다."

혁명 직후, 동물들은 인간의 억압에서 벗어나

자유롭고 평등한 세상을 꿈꾸었다.

하지만 시간이 지나자,

권력을 쥔 돼지들은 점점 인간과 닮아갔다.

그들은 법을 바꾸고, 기억을 지우며,

반대하는 목소리를 억눌렀다.

언젠가부터 돼지들은 이웃 인간들과 식탁을 함께했고,

창밖에서 바라본 동물들은

더 이상 인간과 돼지를 구별할 수 없었다.

평등은 사라졌고,

이상은 권력의 장식품이 되었다.

이 장면은 권력과 인간 본성을 비추는 날카로운 거울이 됩니다. 필사하며 내가 속한 공동체에서 이상이 어떻게 현실과 타협했는지 떠올려 보고, 이어서 "나는 권력의 부패를 외면한 적이 있는가?"를 자문해 보세요.

필사후기

008 이상한 나라의 앨리스 루이스 캐럴

끝없는 이상한 길

"여기서는 모두가 미쳤어. 나도, 너도."

토끼를 따라 굴속으로 뛰어든 앨리스는

끝없이 떨어지다 기묘한 세계에 도착했다.

거기서는 케이크를 먹으면 커지고,

음료를 마시면 작아졌다.

체셔 고양이는 웃음만 남기고 사라졌고,

모자 장수와 토끼는 끝없는 수수께끼를 냈다.

논리와 규칙은 뒤집히고,

모든 것이 제멋대로였다.

앨리스는 혼란 속에서도 길을 찾아 나섰고,

그 여정이 결국 자신을

더 단단하게 만들고 있음을 느꼈다.

이 장면은 단순한 동화가 아니라 변화와 혼돈 속에서 자신을 지키는 힘을 일깨워 줍니다. 필사하며 내가 겪은 비상식적인 상황에서 무엇을 배우고 성장했는지 돌아보고, 이어서 "나는 혼란 속에서 무엇을 붙잡았는가?"를 자문해 보세요.

필사후기

 **데이비드 코퍼필드** 찰스 디킨스

나를 만든 시간들

"나의 인생 이야기는 내가 만든 것이자,

나를 만든 이야기다."

데이비드는 어린 시절의 고난과

외로움 속에서도 꺾이지 않았다.

학창 시절의 굴욕,

고된 노동,

그리고 우정과 사랑을 통해 그는 조금씩 자라났다.

그는 자신을 지탱해 준 사람들을 떠올리며,

아픔도 기쁨도 모두

지금의 자신을 만든 재료였음을 깨달았다.

과거를 부끄러움이 아닌 감사로 바라보는 순간,

그의 마음은 한층 단단해졌다.

 이 장면은 상처와 경험이 결국 나를 성장시키는 힘이 됨을 일깨워
줍니다. 필사하며 내 삶에서 나를 만든 사건이 무엇이었는지 떠올
려 보고, 이어서 "나는 과거를 어떻게 바라보고 있는가?"를 자문
해 보세요.

010 걸리버 여행기 조너선 스위프트

세상을 비추는 거울

"크고 작음은 눈에 비친 상태일 뿐,

본질은 변하지 않는다."

릴리퍼트에서 걸리버는 거인이었고,

브롭딩낵에서는 난쟁이에 불과했다.

같은 자신이지만,

세상의 크기와 시선에 따라 그의 위치와 가치가 달라졌다.

어느 곳에서는 경외의 대상이었고,

다른 곳에서는 경멸의 대상이었다.

그는 깨달았다.

인간의 위대함과 초라함은 환경과 관점이 만드는

환상에 불과하다는 것을.

세상을 여행하는 동안,

그는 타인을 비추는 거울이 곧 자신을 비추고 있음을 느꼈다.

이 장면은 시선과 환경에 흔들리지 않는 자아의 가치를 일깨워 줍니다. 필사하며 다른 환경 속에서 내가 어떻게 달라졌는지, 또 변하지 않은 본질은 무엇인지 떠올려 보고, 이어서 "나는 어떤 상황에서 진짜 나를 잃지 않았는가?"를 자문해 보세요.

011 도리언 그레이의 초상 오스카 와일드

영혼의 균열

"우리는 모두 우리의 영혼을 팔 수 있다.

다만 그 대가가 무엇인지가 다를 뿐이다."

도리언은 변하지 않는 젊음과 아름다움을 얻는 대신,

그의 초상이 모든 죄와 부패를 짊어졌다.

그는 쾌락과 방종 속에 살았지만,

거울 속 자신의 얼굴은 여전히 완벽했다.

그러나 숨겨둔 초상화는 점점 일그러지고,

추악하게 변해갔다.

그는 그 변화를 보며 불안을 느꼈지만,

욕망을 버리지 못했다.

마침내 기괴한 영혼의 목숨을 끊어 자유를 되찾으려 했지만,

그것은 자기 심장을 칼로 찌른 것이나 다름없었다.

이 장면은 아름다움과 욕망, 그리고 인간 영혼의 취약함을 성찰하게 합니다. 필사하며 나의 욕망이 어떤 대가를 요구했는지, 또 그 것을 감당할 수 있었는지 돌아보고, 이어서 "나는 무엇과 맞바꿔 나를 잃을 뻔했는가?"를 자문해 보세요.

012 댈러웨이 부인 버지니아 울프

시간 속의 파문

"삶은 순간의 연속이고,

그 순간들이 모여 우리를 만든다."

클라리사는 저녁 파티를 준비하며

과거와 현재를 오갔다.

젊은 날의 사랑, 선택,

놓쳐버린 기회들이 마음속에서 잔물결처럼 번져갔다.

그녀는 전쟁의 상처와 죽음의 그림자 속에서도,

여전히 삶이 계속된다는 것을 느꼈다.

시간은 모든 것을 앗아가지만,

동시에 새로운 빛을 던져주었다.

그 순간, 클라리사는 알았다.

삶은 찰나의 순간들을

어떻게 품느냐에 달려 있다는 것을.

이 장면은 덧없음 속에서도 삶을 사랑하는 법을 가르쳐 줍니다. 필사하며 내 삶의 중요한 순간이 무엇이었고 그것이 지금의 나를 어떻게 만들었는지 떠올려 보고, 이어서 "나는 어떤 순간을 잃지 않고 붙잡고 있는가?"를 자문해 보세요.

필사후기

드라큘라 브램 스토커

어둠 속의 맹세

"빛이 사라진 자리에,

우리는 서로의 불빛이 되어야 한다."

조너선과 그의 동료들은

드라큘라 백작의 그림자를 추적하며 목숨을 건 사투를 벌였다.

그는 밤의 어둠을 힘으로 삼았고,

그들의 두려움은 날이 갈수록 깊어졌다.

그러나 미나의 영혼을 지키기 위해,

그들은 물러서지 않았다.

서로의 눈빛 속에서 용기를 나누며,

죽음보다 강한 결심으로 앞으로 나아갔다.

그들의 맹세는,

아무리 깊은 어둠 속에서도 꺼지지 않는 불꽃이었다.

이 장면은 단순한 공포 소설이 아니라, 위기 속에서 피어나는 인간의 용기와 연대를 비추는 거울입니다. 필사할 때 두려움 속에서도 나를 지탱해 준 누군가의 빛을 떠올려 보고, 이어서 "나는 누구의 어둠 속에서 불빛이 된 적이 있는가?"를 자문해 보세요.

014 프랑켄슈타인 메리 셸리

창조주의 책임

"생명을 주는 자는,

그 생명을 끝까지 책임져야 한다."

프랑켄슈타인은 스스로 만든 존재가 처음 눈을 뜬 순간,

두려움에 휩싸였다.

그가 갈망하던 창조의 기적은,

예상치 못한 공포로 변해 있었다.

그는 괴물을 버렸고,

버려진 존재는 세상의 냉대 속에서 분노와 고독을 키워갔다.

결국 그 분노는 파괴가 되어 창조주를 향했다.

프랑켄슈타인은 깨달았다.

자신이 만든 생명에서 도망친 순간,

이미 파멸의 씨앗을 심었다는 것을.

이 장면은 단순한 괴물 이야기를 넘어 창조와 책임, 그리고 인간성의 무게를 성찰하게 합니다. 필사하며 내가 시작했지만 끝까지 책임지지 못한 일을 떠올려 보고, 이어서 "나는 어떤 책임에서 도망친 적이 있는가?"를 자문해 보세요.

015 아들과 연인 D. H. 로렌스

떠나지 못하는 마음

"사랑은 나를 잡아끌고,

또 다른 사랑은 나를 붙잡는다."

폴은 연인 미리엄에게 끌리면서도,

어머니 모렐의 기대와 애정에서 벗어나지 못했다.

그는 자유를 꿈꾸었지만,

어머니의 사랑은 깊고 무거운 닻처럼 그를 묶어 두었다.

연인 곁에서도 그는 온전히 자유롭지 않았고,

어머니 곁에서는 늘 어떤 빚을 지고 있는 듯했다.

그는 알고 있었다.

어느 한쪽을 놓기 전에는,

자신도 온전히 사랑할 수 없다는 것을.

이 장면은 사랑이 때로는 구속이 되고, 구속이 사랑이 되는 모순을 드러냅니다. 필사하며 내가 동시에 다른 방향으로 끌렸던 경험을 떠올려 보고, 이어서 "나는 무엇 때문에 한 걸음을 내딛지 못했는가?"를 자문해 보세요.

필사후기

016 더버빌가의 테스 토머스 하디

순수의 무게

"순수함이란 죄가 없다는 뜻이 아니라,

진심으로 사랑할 수 있는 힘이다."

테스는 가난한 집안의 딸로 태어나,

더 나은 삶을 위해 더버빌가로 향했다.

그러나 그곳에서의 만남은

그녀의 운명을 돌이킬 수 없이 바꾸어 놓았다.

사랑과 불행이 교차하는 길 위에서,

테스는 끝내 자신의 순수를 지키려 했다.

세상의 시선은 그녀를 판단했고,

운명은 가혹하게 그녀를 몰아붙였다.

마지막 순간에도,

그녀의 마음속 사랑만은 거짓되지 않았다.

이 장면은 순수함이 가장 큰 힘이자 동시에 가장 큰 짐이 될 수 있음을 보여줍니다. 필사하며 내가 끝까지 지키고 싶은 순수가 무엇인지 떠올려 보고, 이어서 "나는 세상의 시선보다 나의 진심을 더 믿은 적이 있는가?"를 자문해 보세요.

미들마치 조지 엘리엇

이상과 현실 사이

"위대한 이상은 현실 속에서만 시험된다."

도로시아는 세상을 더 나은 곳으로 만들고 싶다는

열망으로 가득했다.

그녀는 그 이상을 함께 나눌 수 있으리라 믿고 결혼했지만,

남편과의 삶은 생각보다 훨씬 고립되고 답답했다.

이상은 빛났지만, 현실은 그 빛을 가렸다.

그러나 좌절 속에서도 그녀는 배웠다.

진정한 변화는 거창한 꿈보다,

매일의 작은 선택에서 시작된다는 것을.

이 장면은 이상을 현실에서 살아내는 힘이 무엇인지를 묻게 합니다. 필사하며 내 이상이 현실과 부딪혔던 순간과 그때의 선택을 떠올려 보고, 이어서 "나는 이상을 포기한 적이 있는가, 아니면 형태를 바꿔 지켜온 적이 있는가?"를 자문해 보세요.

018 **햄릿** 윌리엄 셰익스피어

존재할 것인가, 사라질 것인가

"죽느냐 사느냐, 그것이 문제로다."

햄릿은 부패한 세상과 배신 속에서

복수의 칼을 쥐고 있었다.

그러나 그는 죽음을 두려워했고,

삶 역시 견디기 힘들었다.

죽음은 고통의 끝일 수 있지만,

그 너머의 미지에 대한 두려움이 그를 붙잡았다.

그는 알았다.

복수는 결국 행동 속에서만 완성된다는 것을.

햄릿은 고뇌 끝에,

주어진 길을 걸어가기로 했다.

이 장면은 선택과 행동이 어떻게 나의 존재를 규정하는지를 보여 줍니다. 필사하며 내가 삶의 중요한 선택 앞에서 머뭇거렸던 순간 을 떠올려 보고, 이어서 "나는 어떤 두려움 때문에 행동을 미룬 적 이 있는가?"를 자문해 보세요.

019 로미오와 줄리엣 윌리엄 셰익스피어

사랑보다 강한 죽음

"이 입맞춤으로, 나는 죽노라."

로미오는 줄리엣이 죽었다고 믿고 독을 마셨다.

그의 입술이 그녀의 입술에 닿자,

사랑과 생명이 함께 사라졌다.

잠시 후,

깨어난 줄리엣은 로미오의 싸늘한 몸을 품에 안았다.

그녀는 그가 남긴 칼을 들어,

망설임 없이 자신의 가슴을 찔렀다.

두 사람의 사랑은 세상의 증오를 꺾지 못했지만,

죽음 속에서 영원히 하나가 되었다.

이 장면은 사랑의 절대성과 동시에 그 파괴력을 드러냅니다. 필사하며 내가 사랑을 위해 감수했던 가장 큰 위험이나 희생을 떠올려 보고, 이어서 "사랑이 나를 구했는가, 아니면 나를 무너뜨렸는가?"를 자문해 보세요.

020 오셀로 윌리엄 셰익스피어

질투의 그림자

"질투는 영혼을 좀먹는 독이다."

오셀로는 데스데모나를 사랑했지만,

이아고의 교묘한 속삭임이 그의 마음에 의심을 심었다.

사랑은 흔들리고,

그 빈자리에 질투가 스며들었다.

그는 진실을 확인하기보다,

상상의 그림자를 사실로 믿었다.

의심은 분노로,

분노는 파멸로 이어졌다.

마침내 오셀로는 사랑하는 이를 스스로의 손으로 잃었다는

참혹한 진실과 마주했다.

이 장면은 사랑을 지키는 데 필요한 것이 확신과 신뢰임을 보여줍니다. 필사하며 내 마음속에 자라난 의심이 관계를 어떻게 바꾸었는지 떠올려 보고, 이어서 "나는 사랑보다 의심을 더 믿은 적이 있는가?"를 자문해 보세요.

리어 왕 윌리엄 셰익스피어

가장 어두운 깨달음

"아, 어리석은 노인이여, 사랑을 알아보지 못하다니."

리어 왕은 딸들의 사랑을 시험하려 했고,

화려한 말로 아첨한 두 딸에게 왕국을 나누어 주었다.

그러나 진심으로 사랑한 막내 코델리아는 꾸밈없이 말했고,

그는 그 사랑을 거절했다.

세월과 고난 속에서,

그는 권력도, 명예도 잃었다.

마침내 죽은 코델리아를 품에 안고,

사랑을 알아보지 못한 자신의 눈먼 마음을 한탄했다.

이 장면은 권력과 욕심에 흐려진 눈을 다시 뜨게 하는 거울이 됩니다. 필사하며 내가 외면하거나 지나쳐 버린 진심이 있었는지 떠올려 보고, 이어서 "나는 진심을 알아볼 눈을 가지고 있는가?"를 자문해 보세요.

022 **맥베스** 윌리엄 셰익스피어

피로 물든 손

"이 손에서 피 냄새를 지울 물은 세상 어디에도 없다."

맥베스는 예언과 욕망에 사로잡혀 왕을 죽였다.

왕관은 그의 머리에 올려졌지만,

마음속 평화는 사라졌다.

그의 손에는 보이지 않는 피가 묻어 있었고,

그 피는 밤마다 꿈속에서 그를 괴롭혔다.

권력을 지키려는 그의 칼은 더 많은 피를 요구했고,

마침내 그는 자신이 만든 피바다 속에서 무너졌다.

이 장면은 야망이 인간을 어떻게 삼키는지를 강렬하게 드러냅니다. 필사하며 나의 욕망이 어떤 대가를 요구했고 그 값을 치른 적이 있는지 돌아보고, 이어서 "나는 어떤 욕망 때문에 스스로를 파괴한 적이 있는가?"를 자문해 보세요.

필사후기

023 타임머신 H. G. 웰스

먼 미래의 거울

"시간은 모든 것을 바꾸지만,

그 변화가 진보일 필요는 없다."

시간 여행자는 수천 년을 건너뛰어 도착한 미래에서

엘로이와 몰록을 만났다.

지상에 사는 엘로이는 온순했지만 나약했고,

지하의 몰록은 거칠고 강했으나 잔혹했다.

그 둘은 같은 인류의 후손이었지만,

서로를 착취하며 살아갔다.

그는 깨달았다.

문명이 발전해도,

인간의 본성은 변하지 않는다는 것을.

이 장면은 변화와 진보를 혼동하지 말라는 경고로 다가옵니다. 필사하며 내가 믿었던 변화가 진정한 진보였는지, 아니면 단순한 변형이었는지 돌아보고, 이어서 "나는 어떤 변화를 무조건 긍정적으로 받아들였는가?"를 자문해 보세요.

024 로빈슨 크루소 다니엘 디포

고립 속의 선택

"나는 혼자가 되었으나, 여전히 살아 있었다."

난파 후 무인도에 표류한 크루소는 절망과 두려움에 사로잡혔다.

아무도 없는 해변, 도움 없는 숲,

그리고 끝없는 바다가 그를 둘러싸고 있었다.

하지만 그는 생존을 선택했다.

폐허가 된 배에서 필요한 것을 구해오고,

숲에서 집을 지으며, 땅을 일구기 시작했다.

외로움은 컸지만,

매일의 노동이 그를 단단하게 만들었다.

그는 고립 속에서 비로소 스스로의 주인이 되었다.

이 장면은 고립이 반드시 약함을 의미하지 않음을 일깨워 줍니다. 필사하며 외로운 상황 속에서도 나를 지탱해 준 힘이 무엇이었는지 떠올려 보고, 이어서 "나는 혼자일 때 더 강해진 적이 있는가?"를 자문해 보세요.

025 지킬 박사와 하이드 씨 로버트 루이스 스티븐슨

한 사람 속의 두 얼굴

"인간은 한 몸 안에 두 개의 자아를 품고 있다."

지킬 박사는 선한 자아와 어두운 자아가

한 사람 안에서 끊임없이 싸운다고 믿었다.

그는 실험을 통해 두 자아를 분리했고,

그 결과 탄생한 하이드는 도덕의 굴레 없이 욕망을 좇았다.

처음엔 자유처럼 느껴졌지만,

곧 하이드는 제어할 수 없는 괴물이 되어 지킬의 삶을 집어삼켰다.

결국 그는 자신 안의 어둠을 끝내기 위해,

스스로를 파멸로 이끌었다.

이 장면은 인간의 본성과 도덕의 경계를 비추어 줍니다. 차분히 필사하며 내 안의 선과 악이 충돌했던 순간을 떠올려 보고, 이어서 "나는 내 안의 어둠을 어떻게 다루고 있는가?"를 조용히 자문해 보세요.

필사후기

026 위대한 개츠비 F. 스콧 피츠제럴드

손에 닿지 않는 빛

"내일 우리는 더 빨리 달릴 것이고.

더 멀리 팔을 뻗을 것이다."

개츠비는 부를 쌓았고, 매주 호화로운 파티를 열었지만,

모든 것은 데이지를 되찾기 위한 것이었다.

밤이면 그는 잔디밭에 서서 그녀의 집을 바라보며,

초록빛 불빛을 손끝으로 그리듯 응시했다.

그 불빛은 희망이었고,

동시에 결코 닿을 수 없는 거리였다.

결국 그는 꿈을 이루지 못한 채,

총성과 함께 생을 마감했다.

그러나 그의 시선 속 초록빛은 끝까지 꺼지지 않았다.

이 장면은 꿈과 현실의 간극을 메우려는 인간의 열망을 드러냅니다. 필사하며 내가 끝까지 붙잡은 꿈이 무엇이고 그것이 나를 어디로 이끌었는지 돌아보고, 이어서 "나는 어떤 꿈을 위해 너무 멀리 달려온 적이 있는가?"를 자문해 보세요.

필사후기

027 허클베리 핀의 모험 마크 트웨인

지옥에 가더라도

"그래, 그렇다면 난 지옥에 가겠다."

허크는 도망친 노예 짐을 주인에게 돌려주라는

사회의 명령을 알고 있었다.

그러나 긴 여정 속에서 짐은 단순한 '노예'가 아니라,

친구이자 가족이 되었다.

그를 배신하는 것은 옳지 않다고 느낀 허크는,

규범과 법보다 자신의 양심을 선택했다.

그는 종이에 적은 고발 편지를 찢어버리고,

짐을 끝까지 지키기로 마음먹었다.

이 장면은 진정한 도덕이 무엇이며 그것이 얼마나 개인적인 선택인지를 일깨워 줍니다. 필사하며 내가 믿는 가치가 세상의 기준과 충돌했던 순간을 떠올려 보고, 이어서 "나는 옳다고 믿는 것을 위해 무엇을 포기한 적이 있는가?"를 자문해 보세요.

028 노인과 바다 어니스트 헤밍웨이

인간은 패배하지 않는다

"인간은 파괴될 수 있을지언정, 패배하지 않는다."

84일 동안 물고기를 잡지 못한 노인 산티아고는

홀로 먼 바다로 나아갔다.

그곳에서 그는 거대한 청새치를 만나 사투를 벌였다.

며칠 밤낮의 싸움 끝에 물고기를 잡았지만,

돌아오는 길에 상어 떼가 몰려왔다.

그는 마지막 힘까지 짜내어 싸웠으나,

해안에 닿았을 때 남은 것은 뼈뿐이었다.

그러나 그는 패배자가 아니었다.

그의 용기와 의지는 여전히 바다 위에 서 있었다.

이 장면은 성취와 실패의 경계를 넘어서는 인간의 존엄을 보여줍니다. 필사하며 내가 끝까지 싸운 경험과 그때 지켜낸 것을 떠올려 보고, 이어서 "나는 무엇을 위해 끝까지 버텼는가?"를 자문해 보세요.

필사후기

모비 딕 허먼 멜빌

바다 위의 집착

"그 흰 고래를 잡기 전에는,

나는 결코 멈추지 않으리."

에이허브 선장은 다리를 앗아간 모비 딕을 찾아

전 세계의 바다를 떠돌았다.

그에게 고래는 단순한 사냥감이 아니라,

운명과 복수의 상징이었다.

선원들의 우려와 위험을 무릅쓰고,

그는 폭풍과 심연을 향해 나아갔다.

마침내 고래와 마주한 순간,

그의 집착은 거센 파도와 함께 모든 것을 삼켜버렸다.

배는 가라앉았고,

바다는 다시 고요해졌다.

이 장면은 집착이 한 사람의 운명을 어떻게 집어삼키는지를 보여줍니다. 필사하며 내가 끝까지 추적하거나 집착했던 대상을 떠올려 보고, 이어서 "나는 무엇 때문에 모든 것을 걸었는가?"를 자문해 보세요.

030 작은 아씨들 루이자 메이 올컷

함께 자라는 마음

"행복은 우리가 함께 나누는 순간 속에 있다."
추운 겨울날, 마치 가문 네 자매는 아침 식사를
이웃의 가난한 가족에게 나누어 주었다.
비어 있는 식탁 위에도 웃음은 가득했고,
그 순간 그들은 자신이 얼마나 풍요로운지를 느꼈다.
각자 다른 꿈을 품었지만,
기쁨과 슬픔을 나누며 함께 자라났다.
시간이 흘러도 그 마음의 끈은 끊어지지 않았다.
그들에게 집은 단순한 공간이 아니라,
사랑이 자라는 울타리였다.

이 장면은 가족과 공동체 속에서 성장의 기쁨을 일깨워 줍니다.
차분히 필사하며 내가 누군가와 나누었던 가장 소중한 순간을 떠
올려 보고, 이어서 "나는 누구와 함께 자라왔는가?"를 조용히 자
문해 보세요.

031 주홍 글씨 너새니얼 호손

심장 위의 낙인

"상처는 숨긴다고 사라지지 않는다."

헤스터 프린은 간통의 죄로 가슴에 주홍색 'A'를 달고

마을 사람들의 시선을 견뎌야 했다.

조롱과 멸시 속에서도

그녀는 딸 펄을 지키며 묵묵히 살아갔다.

그 낙인은 그녀를 속박했지만,

동시에 강인하게 만들었다.

세월이 흐르자 사람들은 'A'를 더 이상 수치가 아니라

용기와 인내의 표식으로 보았다.

그녀의 침묵 속 삶은,

말보다 더 깊은 속죄의 기록이 되었다.

이 장면은 부끄러움이 힘과 존엄으로 변할 수 있음을 보여줍니다. 필사하며 내가 감추고 있는 상처와 그것이 나를 어떻게 변화시켰는지 떠올려 보고, 이어서 "나는 나의 상처를 어떻게 품고 살아가고 있는가?"를 자문해 보세요.

032 세일즈맨의 죽음 아서 밀러

부서진 꿈의 무게

"인간은 사랑받는 존재일 뿐, 상품이 아니다."

윌리 로먼은 평생을 세일즈맨으로 살며

성공과 인정만을 좇았다.

그는 인기와 인간관계가 성공의 열쇠라 믿었지만,

세상은 그의 노고와 헌신을 잊어버린 지 오래였다.

가족에게조차 그 꿈은 무겁고 낡은 짐이 되어 있었다.

마지막 순간,

그는 보험금으로 가족의 미래를 지키려 했으나

그 선택은 사랑보다 절망에서 비롯된 것이었다.

이 장면은 현대 사회에서 '성공'의 진짜 의미를 다시 묻게 합니다.
필사하며 내가 나 자신을 성과나 숫자로만 평가했던 순간을 떠
올려 보고, 이어서 "나는 무엇을 위해 나의 가치를 증명하려 했는
가?"를 자문해 보세요.

유리 동물원 테네시 윌리엄스

깨지기 쉬운 꿈들

"가장 아름다운 것은 가장 쉽게 깨진다."

톰은 가난과 답답한 현실 속에서도 가족을 지키려 했지만,

어머니 아만다의 집착과 여동생 로라의 불안은

집안을 유리장처럼 가두고 있었다.

로라는 작은 유리 동물들을 애지중지하며,

그 속에서 세상의 거친 바람을 잊고 살았다.

그러나 현실은 유리처럼 차갑고, 쉽게 금이 갔다.

톰은 결국 가족을 떠났지만,

그 기억 속 로라의 모습은 평생 그의 마음을 울렸다.

이 장면은 추억과 현실, 그리고 인간관계의 덧없음을 섬세하게 비추어 줍니다. 필사하며 내 삶에서 지키고 싶었지만 잃어버린 것을 떠올려 보고, 이어서 "나는 무엇을 지키지 못한 것을 가장 후회하는가?"를 자문해 보세요.

필사후기

034 야성의 부름 잭 런던

부르는 소리에 응답하다

"깊은 숲 속에서, 나를 부르는 목소리가 들렸다."
편안한 가정에서 살던 개 벅은
알래스카로 끌려와 썰매 개가 되었다.
혹독한 추위와 굶주림, 싸움 속에서 그는 점점 강해졌다.
인간의 명령보다 더 깊은 곳에서,
자유와 야성의 목소리가 그를 부르고 있었다.
마침내 그는 사슬을 끊고 숲 속으로 들어갔다.
그 부름은 단순한 탈출이 아니라,
본래의 자신으로 돌아가는 길이었다.

이 장면은 문명과 본능 사이에서 진짜 나를 선택하는 용기를 이야
기합니다. 필사하며 내 안의 본능이나 자유를 향한 갈망이 가장 강
하게 울렸던 순간을 떠올려 보고, 이어서 "나는 어떤 부름에 응답하
며 살아왔는가?"를 자문해 보세요.

필사후기

035 여인의 초상 헨리 제임스

선택의 대가

"자유롭게 선택한 길이라면,

그 끝도 받아들여야 한다."

이사벨 아처는 스스로의 삶을 주도하고 싶어 했다.

그녀는 독립을 지키기 위해 결혼을 미뤘지만,

사랑과 자유를 모두 지킬 수 있으리라 믿고 한 선택이

곧 자신을 옭아매는 족쇄가 되었다.

남편의 냉정함과 배신 속에서도,

그녀는 도망치기보다 스스로의 선택과 마주했다.

그 결심은 고통스러웠지만,

진정한 성숙의 시작이었다.

이 장면은 자유와 책임이 결코 분리될 수 없음을 깨닫게 합니다. 필사하며 내가 한 선택의 결과를 어떻게 감당해 왔는지 돌아보고, 이어서 "나는 내 선택의 대가를 기꺼이 치른 적이 있는가?"를 자문해 보세요.

필사후기

036 나사의 회전 헨리 제임스

보이지 않는 공포

"가장 무서운 것은 눈앞의 것이 아니라,

마음속에 있는 것이다."

한 저택의 가정교사가 된 화자는 아이들을 돌보던 중

집 안에 스며든 알 수 없는 기운을 느낀다.

창가와 복도 끝, 호숫가에서 나타나는 정체 모를 형체는

실체일 수도, 환상일 수도 있었다.

아이들을 지키려는 마음은 점점 집착으로 변했고,

그 집착은 결국 진실과 거짓의 경계를 흐렸다.

그 순간, 진짜 위험은 유령이 아니라

두려움에 잠식된 자신일지도 모른다고 느꼈다.

이 장면은 공포의 본질이 외부가 아닌 내면에 있음을 일깨워 줍니다. 필사하며 내가 두려워했던 것이 실제였는지, 아니면 상상 속에서 커진 것이었는지 떠올려 보고, 이어서 "나는 무엇을 실제보다 크게 두려워했는가?"를 자문해 보세요.

필사후기

037 더블린 사람들 제임스 조이스

죽은 자: 눈처럼 내리는 깨달음

"눈송이는 모든 것 위에 고르게 내려,

살아 있는 자와 죽은 자를 덮었다."

가브리엘은 파티에서 돌아온 뒤에

아내 그레타의 첫사랑 이야기를 듣는다.

그 사랑은 그레타의 청춘을 불태웠고,

한 소년은 그녀를 위해 눈 속에서 목숨을 바쳤다.

그 이야기를 들은 가브리엘은

자신이 아내의 마음을 깊이 알지 못했음을 깨닫는다.

창밖에 내리는 눈을 바라보며,

그는 살아 있는 모든 존재가

결국 죽음을 향해 간다는 사실 앞에

묘한 평온과 슬픔을 동시에 느꼈다.

이 장면은 인간 관계의 깊이와 죽음의 평등함을 동시에 성찰하게 합니다. 필사하며 내 삶에서 죽음이 가까이 다가왔다고 느낀 순간을 떠올려 보고, 이어서 "나는 사랑하는 사람의 마음을 얼마나 알고 있는가?"를 자문해 보세요.

필사 후기

038 젊은 예술가의 초상 제임스 조이스

날아오를 준비

"내 영혼은 새로운 날개의 그늘을 느끼고 있다."

스티븐은 아일랜드의 종교와 관습,

가족의 기대 속에서 자신을 잃어가고 있었다.

그러나 그는 결국 속박을 거부하고,

예술가로서의 길을 걷겠다는 결심을 굳혔다.

그 선택은 고독과 단절을 의미했지만,

그에게 그것은 오히려 자유의 시작이었다.

그는 날아오를 준비를 마친 새처럼,

미지의 하늘을 향해 마음을 열었다.

이 장면은 예술가뿐 아니라 모든 이가 자기만의 길을 선택하는 순간을 상징합니다. 필사하며 내가 속박에서 벗어나 새로운 길을 선택했던 순간을 떠올려 보고, 이어서 "나는 무엇을 위해 안전한 둥지를 떠났는가?"를 자문해 보세요.

필사후기

039 슬리피 할로우의 전설 워싱턴 어빙

머리 없는 기수의 추격

"달빛 아래, 발굽 소리는 점점 가까워졌다."

이카보드 크레인은 늦은 밤 숲길을 달리며,

뒤에서 따라오는 정체 모를 기수의 존재를 느꼈다.

전설 속 '머리 없는 기수'라는 생각이 머릿속을 스쳤고,

그의 심장은 북처럼 요동쳤다.

말발굽 소리는 점점 커지고,

마침내 그는 다리 위에서 뒤를 돌아보았다.

그 순간, 머리 없는 기수의 손에 들려 있던

호박 머리가 날아왔다.

이 장면은 전설과 현실이 뒤섞일 때 인간이 느끼는 본능적 공포를 잘 보여줍니다. 필사하며 내가 경험한 설명할 수 없는 공포를 떠올려 보고, 이어서 "나는 두려움 속에서 어떻게 움직였는가?"를 자문해 보세요.

040 고자질하는 심장 에드거 앨런 포

미치광이 살인자의 고백

"그 소리는 점점 커졌다… 나의 귀를 찢어버릴 듯이."

나는 그 늙은이의 '독수리 눈'을 견딜 수 없었다.

며칠 동안 몰래 그를 지켜보다가,

마침내 한밤중에 일을 끝냈다.

시체를 숨기고,

바닥 널빤지로 덮었을 때 나는 완벽하다고 생각했다.

그러나 경찰이 와서 이야기를 나누는 동안,

바닥 아래에서 둔탁한 심장 박동 소리가 들리기 시작했다.

그 소리는 점점 커졌고,

마침내 나는 미친 듯이 외쳤다.

"내가 그를 죽였소! 저 바닥을 뜯어보시오!"

이 장면은 죄의식이 스스로를 어떻게 파멸로 이끄는지를 생생하게 보여줍니다. 필사하며 내가 감출 수 없었던 죄책감이나 불안의 순간을 떠올려 보고, 이어서 "나는 무엇을 숨기려다 결국 드러낸 적이 있는가?"를 자문해 보세요.

세계명작, 명장면으로 문학을 담다

PART 2

프랑스문학
20선

041 어린 왕자 앙투안 드 생텍쥐페리

길들인다는 것

"네가 길들인 것에 대해서는 끝까지 책임이 있는 거야."
여우는 어린 왕자에게
'길들인다'는 것이 무엇인지 이야기해 주었다.
그것은 서로를 필요로 하게 되는 과정이며,
그 순간부터 둘은 세상에 단 하나뿐인 존재가 된다.
왕자는 자신이 떠나온 별에 있는 장미를 떠올렸다.
수많은 장미 중에서도,
그 꽃이 특별한 이유는
자신이 시간을 들여 사랑했기 때문임을 알았다.
사랑은 책임과 함께 존재한다는 사실을
그는 가슴 깊이 새겼다.

이 장면은 사랑과 책임이 결코 떨어질 수 없는 한 쌍임을 일깨워 줍니다. 필사하며 내가 길들인 사람이나 관계가 무엇이고 그에 대해 얼마나 책임지고 있는지 떠올려 보고, 이어서 "나는 내가 사랑한 것을 끝까지 지키고 있는가?"를 자문해 보세요.

042 레 미제라블 빅토르 위고

새로운 빛을 향하여

"가장 어두운 밤에도, 빛은 길을 비춘다."

장 발장은 한때 죄수였지만,

한 주교의 용서와 자비로 다시 살 기회를 얻었다.

그는 거리에서 혹독하게 일하던 어린 소녀 코제트를 발견했고,

그녀를 그늘에서 빛으로 데려가기로 결심했다.

무거운 과거는 여전히 그의 어깨를 짓눌렀지만,

그녀의 작은 손은 그의 마음에 새로운 희망을 심었다.

그 순간, 장 발장은 더 이상 도망자가 아니라,

누군가의 아버지이자 빛을 향해 걷는 사람이 되었다.

이 장면은 용서와 사랑이 한 사람의 인생을 어떻게 바꿀 수 있는지를 보여줍니다. 필사하며 내 삶에서 누군가가 나를 빛으로 이끌어 준 순간을 떠올려 보고, 이어서 "나는 누구에게 빛이 되어 준 적이 있는가?"를 자문해 보세요.

043 이방인 알베르 카뮈

태양 아래의 깨달음

"나는 세상이 나를 무관심하게 대하듯,

나도 세상을 무관심하게 받아들였다."

살인죄로 사형을 선고받은 뫼르소는

감옥에서 자신의 생을 돌아본다.

그는 인생이 본래 의미 없는 것임을 깨닫고,

그 무의미함 속에서 오히려 자유를 느낀다.

하늘과 태양,

바다의 냄새, 밤의 고요가 마지막 순간까지 그와 함께였다.

그는 죽음을 두려워하지 않았다.

세상과 자신이 서로에게 무관심하다는 사실이,

마지막에는 평온으로 다가왔기 때문이다.

이 장면은 의미 없는 세계 속에서도 평온을 찾을 수 있음을 보여줍니다. 필사하며 내가 받아들인 변경할 수 없는 사실이 무엇이었는지 떠올려 보고, 이어서 "나는 부조리한 상황 속에서 무엇을 붙잡았는가?"를 자문해 보세요.

044 몽테크리스토 백작 알렉상드르 뒤마

복수 너머의 바다

"인간은 기다리고, 희망해야 한다."

에드몽 당테스는 배신으로 감옥에 갇혀 청춘을 잃었지만,

탈옥과 숨겨진 보물로 막대한 힘을 얻어

몽테크리스토 백작이 되었다.

그는 치밀하게 배신자들에게 복수를 실행했지만,

마지막 순간에 그 복수가 또 다른 고통을 낳았음을 깨달았다.

그는 바다를 바라보며 모든 것을 내려놓고,

다시 희망과 기다림으로 나아가기로 했다.

이 장면은 기다림과 희망이 복수보다 더 큰 해답이 될 수 있음을 보여줍니다. 필사하며 내가 오랜 기다림 끝에 얻거나 잃었던 것을 떠올려 보고, 이어서 "나는 복수보다 용서를 택한 적이 있는가?"를 자문해 보세요.

045 삼총사 알렉상드르 뒤마

하나를 위하여, 모두를 위하여

"하나를 위하여, 모두를 위하여!

모두를 위하여, 하나를 위하여!"

다르타냥과 아토스, 포르토스,

아라미스는 음모와 위협 속에서도

서로의 목숨을 지키기 위해 검을 들었다.

그들의 우정은 명예와 신뢰로 묶여 있었고,

누군가가 위기에 처하면 나머지가 주저 없이 나섰다.

칼날이 번쩍이는 한복판에서도

그들은 웃음을 잃지 않았고,

전우로서의 맹세는 흔들리지 않았다.

이 장면은 우정과 명예가 사람을 어떻게 하나로 묶는지를 보여줍니다. 필사하며 내가 함께 싸운 전우와 그때의 신뢰가 어떤 의미였는지 떠올려 보고, 이어서 "나는 누군가를 위해 목숨 걸고 지켜준 적이 있는가?"를 자문해 보세요.

필사후기

046 보바리 부인 귀스타브 플로베르

끝없는 갈증

"나는 다른 삶을 원했어, 이 지루한 현실 말고."

엠마는 결혼 생활과 시골의 단조로움 속에서 숨이 막혔다.

그녀는 도시의 화려함과 열정적인 사랑을 꿈꾸며,

현실에서 찾을 수 없는 만족을 로맨스와 사치 속에서 구했다.

그러나 그 꿈은 빚과 거짓,

그리고 배신으로 무너졌다.

갈망은 충족되지 않았고,

그녀의 마음속 갈증은 끝내 사라지지 않았다.

이 장면은 갈망과 현실 사이에서 방황하는 인간의 모습을 날카롭게 보여줍니다. 필사하며 내가 현실을 거부하고 다른 무언가를 찾았던 순간을 떠올려 보고, 이어서 "나는 만족할 줄 몰라서 무너진 적이 있는가?"를 자문해 보세요.

필사후기

047 잃어버린 시간을 찾아서 마르셀 프루스트

마들렌의 기억

"과거는 사라지지 않는다.

그것은 조용히 우리 안에 잠들어 있다가 깨어난다."

홍차에 적신 마들렌 한 조각이 입안에 퍼지자,

잊고 있던 유년 시절의 골목과 집,

햇살과 바람이 생생히 되살아났다.

그 기억은 아무 계획 없이, 아무 이유 없이 문을 열고 들어왔다.

시간은 흘렀지만, 감각은 과거와 현재를 하나로 이어주었다.

그 순간 그는 깨달았다.

잃어버린 시간은 완전히 사라지는 것이 아니라,

우리가 다시 발견하기를 기다리고 있다는 것을.

이 장면은 시간이 단순히 흘러가는 것이 아니라 우리 안에 쌓이고 기다린다는 사실을 일깨워 줍니다. 필사하며 내 감각이 불현듯 불러온 기억이 무엇이었는지 떠올려 보고, 이어서 "나는 어떤 감각을 통해 과거로 돌아간 적이 있는가?"를 자문해 보세요.

필사후기

048 노틀담의 꼽추 빅토르 위고

종루 위의 약속

"그녀는 나를 두려워했지만, 나는 끝까지 그녀를 지켰다."

대성당의 종지기 꼽추 콰지모도는 에스메랄다를

세상의 위협으로부터 숨기고 지켰다.

그의 모습은 흉하였지만, 마음은 누구보다 맑고 단단했다.

사랑을 고백할 수 없었기에, 그는 행동으로만 마음을 전했다.

그러나 세상은 그녀를 가차 없이 심판했고,

그의 품에 남은 것은 차가운 주검뿐이었다.

카지모도는 종루 위에서 세상과 등을 지고,

그녀와 함께 마지막 약속을 지켰다.

이 장면은 진정한 헌신이란 인정받지 못해도 끝까지 지키는 것임을 보여줍니다. 필사하며 겉모습이 아닌 마음으로 지켜준 관계가 있었는지 떠올려 보고, 이어서 "나는 사랑을 말 대신 행동으로 보여준 적이 있는가?"를 자문해 보세요.

필사후기

049 해저 2만리 쥘 베른

바다의 심장 속으로

"바다는 모든 것을 품고, 모든 것을 드러낸다."
노틸러스호는 햇빛이 닿지 않는 심해로 잠수했다.
창밖에는 형언할 수 없는 빛깔의 산호와
낯선 생명들이 조용히 물결 속을 떠다녔다.
네모 선장은 바다를 자유와 피난처라 불렀지만,
그 자유는 세상과의 단절 위에 세워진 것이었다.
깊어질수록 고요했지만, 그 고요 속에는
인간의 외로움과 바다의 영원이 함께 숨 쉬고 있었다.

이 장면은 경이로운 탐험 속에서도 인간 내면의 고독을 느끼게 합니다. 필사하며 나를 감싸주면서도 나를 비추는 공간이 무엇이었는지 떠올려 보고, 이어서 "나는 어떤 고요 속에서 진짜 나를 보았는가?"를 자문해 보세요.

050 지구 속 여행 쥘 베른

땅속의 바다

"우리는 지구의 심장에서 또 하나의 세계를 발견했다."

교수, 조카, 그리고 안내자는 화산 속으로 내려가

끝없는 동굴을 지나쳤다.

그 끝에서 그들은 거대한 지하 바다와

하늘처럼 펼쳐진 천장을 보았다.

빛 없는 공간에서 스스로 빛을 내는 식물,

오래전에 멸종한 생명들이 여전히 숨 쉬고 있었다.

그러나 그 경이로움 뒤에는

지진과 화산, 미지의 위험이 도사리고 있었다.

그들은 경외와 두려움 속에서 다시 앞으로 나아갔다.

이 장면은 탐험이 결국 미지와 마주하는 용기임을 보여줍니다. 필
사하며 내가 예상치 못한 곳에서 발견한 놀라움이 무엇이었는지 떠
올려 보고, 이어서 "나는 경이로움과 두려움이 동시에 밀려온 순간
이 있었는가?"를 자문해 보세요.

벨아미 기 드 모파상

야망의 거울

"정상에 오른 순간, 나는 더 높은 곳을 찾고 있었다."
조르주 뒤루아는 매력과 기회를 무기로,
가난한 하급 장교에서 신문사의 유력 기자로,
그리고 권력자들의 세계로 빠르게 올라섰다.
그는 영향력 있는 여성들과의 관계를 통해
돈과 명예, 사회적 위치를 손에 넣었다.
그러나 거울 속의 자신을 바라본 순간,
그는 여전히 채워지지 않은 공허를 느꼈다.
야망은 그를 정상으로 이끌었지만,
그 정상은 또 다른 욕망의 출발점이었다.

이 장면은 야망의 달콤함과 그 끝의 허무를 동시에 보여줍니다. 차분하게 필사하며 내가 이룬 성취 뒤에 남은 감정을 떠올려 보고, 이어서 "나는 무엇을 위해 끝없이 올라가고 있는가?"를 조용히 자문해 보세요.

필사후기

052 고리오 영감 오노레 드 발자크

끝까지 남은 사랑

"아버지는 자식을 위해 모든 것을 버릴 수 있다."

고리오 영감은 두 딸을 위해 재산을 탕진했고,

자신은 초라한 하숙빙에서 노년을 보냈다.

그는 배신과 외면에도 불구하고,

딸들이 힘들다는 소식이 들리면 전 재산을 내주었다.

죽음을 앞두고도 그는 딸들의 이름을 부르며,

그들이 오기만을 기다렸다.

그러나 침대 곁에 남은 것은

그의 무조건적인 사랑뿐이었다.

이 장면은 헌신과 사랑이 한 사람의 삶 전체가 될 수 있음을 보여줍니다. 필사하며 내가 누군가를 위해 조건 없이 내어준 것이 무엇이었는지 떠올려 보고, 이어서 "나는 누구를 위해 모든 것을 줄 준비가 되어 있는가?"를 자문해 보세요.

필사후기

053 적과 흑 스탕달

사랑 앞의 선택

"명예와 사랑, 나는 결국 사랑을 택했다."

줄리앙 소렐은 가난한 목수의 아들로 태어나,

군인과 성직자의 길을 오가며 야망을 키웠다.

그러나 권력과 성공을 향한 길 위에서,

그의 마음은 마틸드와 레나르 부인 사이에서 흔들렸다.

마침내 그는 자신의 몰락을 알면서도,

마지막 순간까지 사랑을 지키기로 했다.

그 선택은 자유를 잃는 길이었지만,

그의 영혼은 오히려 평온해졌다.

이 장면은 인간의 선택이 어떻게 삶의 의미를 바꾸는지를 보여줍니다. 필사하며 내가 손해를 감수하고도 붙잡았던 가치를 떠올려 보고, 이어서 "나는 무엇을 위해 야망을 내려놓은 적이 있는가?"를 자문해 보세요.

054 페스트 알베르 카뮈

끝나지 않는 싸움

"페스트와의 싸움은 결코 끝나지 않는다."

오랑 시에 전염병이 퍼지자,

도시의 문이 닫히고 사람들은 절망에 빠졌다.

리외 의사는 승산 없는 싸움임을 알면서도 환자 곁을 지켰다.

그는 죽음이 누구에게나 찾아온다는 사실을 받아들였지만,

그렇기에 더더욱 오늘의 생명을 지키려 했다.

병은 언젠가 물러가겠지만,

그 씨앗은 언제든 돌아올 수 있다는 것을 그는 알고 있었다.

그럼에도 그는 끝까지 포기하지 않았다.

이 장면은 부조리한 세상 속에서도 인간다운 선택이 무엇인지를 묻습니다. 필사하며 내가 반복되는 어려움 속에서도 포기하지 않았던 순간을 떠올려 보고, 이어서 "나는 끝을 알 수 없는 싸움 속에서 무엇을 붙잡았는가?"를 자문해 보세요.

055 스완네 집 쪽으로 마르셀 프루스트

사랑의 덫

"사랑은 같은 손으로

우리를 행복하게도, 불행하게도 만든다."

스완은 오데트와 함께하는 시간이 달콤할수록,

그녀의 마음을 잃을까 두려워졌다.

사랑은 기쁨과 불안을 한 줄에 엮었고,

그 줄은 점점 그의 목을 조였다.

그는 그녀의 시선과 말 한마디에 마음이 무너졌으며,

때로는 이유 없는 의심에 괴로워했다.

그러나 모든 고통에도 불구하고,

그는 여전히 그녀 곁을 떠날 수 없었다.

이 장면은 사랑의 양면성과 그 불가피함을 섬세하게 드러냅니다. 필사하며 내가 사랑 속에서 기쁨과 불안을 함께 느꼈던 순간을 떠올려 보고, 이어서 "나는 사랑 때문에 더 나아졌는가, 아니면 더 약해졌는가?"를 자문해 보세요.

056 장 크리스토프 로맹 롤랑

꺾이지 않는 선율

"음악은 나의 무기이자 나의 깃발이다."

장 크리스토프는 가난과 외로움 속에서도

음악을 향한 열정을 버리지 않았다.

세상은 그의 이상을 조롱했고,

생활의 무게는 그를 짓눌렀지만,

그는 불의와 타협하지 않는 선율을 만들어냈다.

음악은 그에게 단순한 예술이 아니라,

세상과 맞서는 용기이자 자신을 지키는 성벽이었다.

그는 알았다.

진실한 음악은 언제나 꺾이지 않는 영혼에서 나온다는 것을.

이 장면은 예술과 삶이 어떻게 하나의 신념으로 이어질 수 있는지를 보여줍니다. 필사하며 내가 끝까지 지키고 있는 나만의 무기가 무엇인지 떠올려 보고, 이어서 "나는 어떤 신념을 끝까지 연주하고 있는가?"를 자문해 보세요.

필사후기

구토 장 폴 사르트르

존재의 무게

"존재한다는 것은 이유 없이 거기에 있다는 것이다."
공원 벤치에 앉아 있던 로캉탱은 나무 뿌리를 바라보다
갑작스러운 현기증을 느꼈다.
나무, 흙, 공기, 그리고 자신의 몸까지도
아무 이유 없이 그 자리에 '있다'는 사실이 버겁게 다가왔다.
익숙했던 세계가 낯설고 무거워졌고,
그 무게는 메스꺼움이 되어 그를 덮쳤다.
그는 알았다.
세상은 본래 아무 의미도 없으며,
의미는 오직 자신이 만들어야 한다는 것을.

이 장면은 실존이 던지는 불편한 진실과 그 속에서 스스로 길을 찾아야 한다는 사실을 깨닫게 합니다. 필사하며 내가 세상의 낯섦을 강하게 느꼈던 순간을 떠올려 보고, 이어서 "나는 어떤 의미를 스스로 만들어냈는가?"를 자문해 보세요.

필사후기

058 좁은 문 앙드레 지드

사랑보다 높은 문

"좁은 문으로 들어가려면, 많은 것을 버려야 한다."

제롬과 알리사는 서로를 깊이 사랑했지만,

알리사는 신앙과 순결을 지키기 위해 자신의 마음을 억눌렀다.

그녀는 세속적인 행복을 포기하고,

더 높은 이상을 향해 자신을 태웠다.

제롬은 끝내 그녀와 하나가 되지 못했지만,

그 사랑의 기억은 그의 삶에 지워지지 않는 흔적으로 남았다.

이 장면은 사랑과 신념이 충돌할 때 얼마나 고통스럽게 선택하는지를 보여줍니다. 필사하며 내가 어떤 이상이나 신념을 위해 소중한 것을 포기했던 순간을 떠올려 보고, 이어서 "나는 사랑보다 앞에 둔 가치는 무엇이었는가?"를 자문해 보세요.

059 **사포** 알퐁스 도데

자유와 속박 사이

"사랑이란, 한쪽은 날개를 원하고 한쪽은 사슬을 원하는 것이다."

장 가이유는 사포의 아름다움과 재능에 매혹되었지만,

그녀의 자유분방함과 변덕은 그를 불안하게 했다.

그는 그녀를 붙잡고 싶었고,

그녀는 더 멀리 날아가고 싶어 했다.

결국 사랑은 서로의 갈망을 묶어둘 수 없다는 사실만 남겼다.

그는 알았다.

사랑은 붙잡는 것이 아니라, 흘려보내는 것임을.

이 장면은 자유와 속박 사이에서 흔들리는 사랑의 본질을 깊이 성찰하게 합니다. 필사하며 내가 사랑 속에서 붙잡으려 했던 것과 놓아주어야 했던 것을 떠올려 보고, 이어서 "나는 사랑에서 상대를 자유롭게 한 적이 있는가?"를 자문해 보세요.

필사후기

060 제르미날 에밀 졸라

땅속에서 피어난 희망

"땅속 깊은 곳에도 봄은 온다."

탄광 파업은 실패로 끝나고,

동료들은 굶주림과 추위에 쓰러졌다.

에티엔은 패배의 쓰라림 속에서도,

사람들의 마음속에 싹튼 연대의 씨앗을 보았다.

검고 차가운 갱도 속에서,

그는 언젠가 이 씨앗이 자라

억압을 깨뜨릴 날이 올 것이라 믿었다.

그 믿음만이 그를 다시 걷게 했다.

이 장면은 현실의 어둠 속에서도 연대와 희망이 어떻게 살아남는지를 보여줍니다. 필사하며 내가 절망 속에서도 끝내 버리지 않았던 믿음을 떠올려 보고, 이어서 "나는 어떤 패배 속에서 희망의 씨앗을 보았는가?"를 자문해 보세요.

세계명작, 명장면으로 문학을 담다

PART 3

독일문학
20선

061 변신 프란츠 카프카

문 너머의 고독

"그는 문 밖에서 들려오는 목소리를 이해했지만,

그 누구도 그를 이해하지 못했다."

어느 날 아침, 그레고르는 거대한 벌레로 변해 있었다.

가족은 문을 두드리며 그의 안부를 물었지만,

그의 대답은 알아듣기 힘든 소리로 흩어졌다.

그는 모든 것을 이해했으나,

그 누구도 그의 말을 이해하지 못했다.

닫힌 문은 점점 두꺼워졌고,

세상은 그를 버린 듯 고요해졌다.

이 장면은 소통의 단절이 주는 고립과 인간 존재의 근본적 외로움을 상징합니다. 필사하며 내가 세상과 단절되었다고 느꼈던 순간을 떠올려 보고, 이어서 "나는 어떤 상황에서 이해받지 못한다고 느꼈는가?"를 자문해 보세요.

062 젊은 베르테르의 슬픔 요한 볼프강 폰 괴테

이루어질 수 없는 사랑

"그녀는 나의 행복이자, 나의 파멸이다."

베르테르는 로테를 사랑했지만,

그 사랑은 이미 다른 이의 것이었다.

그녀와 함께 있는 순간은 황홀했으나,

그 뒤를 잇는 공허와 절망은 견디기 힘들었다.

그는 마음속으로 수천 번 떠나려 했지만,

그녀의 미소 한 번이면 모든 결심이 무너졌다.

결국 그는 알았다.

이 사랑은 그를 살게도 하고,

죽게도 한다는 것을.

이 장면은 사랑이 주는 황홀과 파멸이 한 몸이라는 사실을 깊이 느끼게 합니다. 필사하며 내가 끝내 놓지 못했던 사랑이 무엇이었는지 떠올려 보고, 이어서 "나는 무엇을 사랑하다가 나를 잃을 뻔했는가?"를 자문해 보세요.

데미안 <small>헤르만 헤세</small>

자기만의 길

"새는 알을 깨고 나온다. 알은 세계다.

태어나려는 자는 한 세계를 파괴해야 한다."

싱클레어는 데미안의 말 속에서 낯설지만 강렬한 진실을 들었다.

그는 더 이상 부모와 학교가 가르쳐 준

안전한 세계에 머물 수 없었다.

안락함은 그를 보호했지만, 동시에 가두고 있었다.

그는 알을 깨뜨려야 했다.

그 안에서만 머무른다면, 그는 결코 날아오를 수 없었다.

이 장면은 성장과 자유가 기존의 세계를 깨뜨리는 순간에서 시작됨을 보여줍니다. 필사하며 내가 깨뜨려야 할 알이 무엇이고, 그것이 두렵더라도 왜 나와야 하는지 떠올려 보고, 이어서 "나는 어떤 세계를 깨뜨리고 나왔는가?"를 자문해 보세요.

필사후기

064 싯다르타 헤르만 헤세

강물의 가르침

"강물은 모든 소리를 담고, 모든 길로 흐른다."

싯다르타는 강가에 앉아 물결 소리를 들었다.

어제와 오늘, 기쁨과 슬픔, 생과 사가

모두 같은 흐름 속에서 하나로 이어지고 있었다.

강물은 조용히 그에게 말했다.

모든 것은 흘러가고, 모든 것은 돌아온다고.

그는 미소 지었다.

그제서야 삶과 죽음,

시작과 끝이 서로 다르지 않음을 깨달았다.

이 장면은 삶의 모든 순간이 거대한 순환 속에 있다는 평온한 깨달음을 줍니다. 필사하며 내 삶에서 흘러가고 다시 돌아온 경험이 무엇이었는지 떠올려 보고, 이어서 "나는 무엇을 흘려보내고, 무엇을 다시 맞이했는가?"를 자문해 보세요.

필사후기

065 심판 프란츠 카프카

이유 없는 재판

"무죄 판결이 곧 죄가 없다는 것을 의미하지 않았다."

아침 일찍, 요제프 K는 낯선 사내들에게 체포되었다.

그들은 그에게 죄목을 알려주지 않았고,

그는 무죄임을 주장했지만

그 말은 공허한 벽에 부딪혀 흩어졌다.

재판은 이미 시작되었고,

그가 무엇을 변명하든 절차는 멈추지 않았다.

그는 알 수 없는 힘 앞에서

한낱 피고인이자, 구경거리일 뿐이었다.

이 장면은 부조리한 권력 앞에서 개인이 얼마나 작아지는지를 강하게 느끼게 합니다. 필사하며 이 문장을 통해 내가 겪었던 부당함과 그 속에서 느낀 무력감을 떠올려 보고, 이어서 "나는 설명할 수 없는 재판대에 서 본 적이 있는가?"를 자문해 보세요.

066 서부 전선 이상 없다 에리히 마리아 레마르크

고요한 전선

"여기는 서부 전선, 오늘도 아무 일 없다.

다만, 한 세대가 사라지고 있을 뿐이다."

파울은 참호 속에서 하늘을 올려다보았다.

포성은 잠시 멈췄지만, 공기는 여전히 화약 냄새로 무거웠다.

친구들의 얼굴이 하나둘 사라졌고,

그 자리를 끝없는 허무가 채웠다.

그는 깨달았다.

전선의 고요는 평화가 아니라,

다음 죽음을 기다리는 숨 고르기일 뿐이라는 것을.

이 장면은 총성이 멎어도 전쟁이 끝나지 않는다는 진실을 전합니다. 필사하며 전쟁의 침묵이 품은 참혹함을 곱씹어 보고, 이어서 "나는 어떤 침묵 속에서 가장 큰 비극을 보았는가?"를 차분하게 자문해 보세요.

필사후기

067 파우스트 요한 볼프강 폰 괴테

영혼의 계약

"순간이여, 멈추어라! 너는 그토록 아름다우니!"

파우스트는 지식과 쾌락, 모든 것을 탐구했지만

결국 허무와 갈증만이 남았다.

그때 메피스토펠레스가 나타나 속삭였다.

"내가 네 욕망을 채워주겠다.

대신, 그 순간이 영원하기를 바란다면 너의 영혼을 내게 달라."

파우스트는 망설였으나,

영원한 만족이라는 유혹은

그의 마지막 방어를 무너뜨렸다.

이 장면은 욕망과 선택, 그리고 인간 영혼의 경계를 깊이 성찰하게 합니다. 필사하며 내가 무엇을 위해 영혼을 걸었는지, 혹은 걸 뻔했는지를 떠올려 보고, 이어서 "나는 무엇과 맞바꾸어 나를 잃을 뻔했는가?"를 자문해 보세요.

필사후기

068 수레바퀴 아래서 헤르만 헤세

짓눌린 영혼

"수레바퀴는 멈추지 않고,

그 아래 깔린 것은 부서질 뿐이다."

한스는 늘 모범생이었고, 어른들의 기대를 저버리지 않았다.

그러나 끝없는 공부와 경쟁은

그의 마음을 서서히 갉아먹었다.

언젠가 자유롭게 흐르던 시냇물 같던 그의 눈빛은

이제 탁해져 버렸다.

그는 알았다.

자기가 수레바퀴 아래 깔려 있다는 것을,

그리고 거기서 스스로를 구할 힘은 없다는 것을.

이 장면은 성취의 이면에 숨은 희생과 그 무게를 이겨내지 못한 한 영혼의 이야기를 전합니다. 필사하며 나를 짓누르고 있는 수레바퀴가 무엇인지 떠올려 보고, 이어서 "나는 어떤 압박 속에서 나를 잃어가고 있는가?"를 자문해 보세요.

069 베니스에서의 죽음 토마스 만

아름다움의 덫

"아름다움은 영혼을 고양시키지만, 그 끝은 파멸일 수 있다."

아셴바흐는 해변에서 타치오를 바라보았다.

소년의 모습은 고대 조각처럼 완벽했고,

그 순수한 아름다움은 그를 끌어당겼다.

그러나 동시에 그는 느꼈다.

이 매혹은 자신을 무너뜨릴 것이라는 것을.

그럼에도 그는 시선을 거두지 못했다.

바다는 잔잔했고,

그의 마음은 이미 파도에 휩쓸린 듯 흔들리고 있었다.

이 장면은 아름다움이 영혼을 끌어올리면서도 동시에 파멸로 이끄는 모습을 섬세하게 보여줍니다. 필사하며 내가 매혹되어 멈추지 못했던 대상을 떠올려 보고, 이어서 "나는 무엇을 사랑하다가 나를 잃을 뻔했는가?"를 자문해 보세요.

070 말테의 수기 라이너 마리아 릴케

고독의 기록

"나는 아직도 삶의 시작에 서 있는 듯하다.

그러나 그 시작은 끝을 향해 흘러가고 있다."

말테는 파리의 좁은 골목을 걸었다.

창백한 빛이 건물 틈을 스치고,

사람들의 얼굴은 서로를 스쳐 지나갈 뿐이었다.

그는 자신이 이 도시에서 아무도 모르는

이름 없는 존재임을 느꼈다.

그 고독은 차갑게 스며들어

그의 심장을 조용히 움켜쥐었다.

이 장면은 고독이 결핍이 아니라 존재를 비추는 거울이 될 수 있음을 보여줍니다. 필사하며 내가 느낀 고독의 순간을 구체적으로 메모하며 떠올려 보고, 이어서 "나는 어떤 고독 속에서 나를 다시 발견했는가?"를 자문해 보세요.

071 차라투스트라는 이렇게 말했다 프리드리히 니체

초인을 향한 부름

"인간은 극복되어야 할 존재다."

차라투스트라는 산에서 내려와 사람들에게 말했다.

그는 그들이 안락과 습관에 안주하며

스스로를 한계 지은 채 살아가고 있음을 보았다.

"너희는 다리를 건너는 자여야 한다.

그 다리 끝에는 초인이 기다리고 있다.

그곳에 이르지 못한다면, 너희는 다리 위에서 썩어갈 뿐이다."

사람들은 웃었지만,

그의 눈빛은 흔들리지 않았다.

이 장면은 삶이 단순한 생존이 아니라 스스로를 넘어서는 여정임을 일깨웁니다. 필사하며 내가 넘어야 할 다리가 무엇이고 그 끝에서 만나고 싶은 것이 무엇인지 떠올려 보고, 이어서 "나는 나를 어떻게 극복하고 있는가?"를 자문해 보세요.

072 군도 프리드리히 실러

자유를 위한 결단

"법이 정의를 잃으면, 정의는 스스로 길을 찾아야 한다."

카를 무어는 배신과 음모로 모든 것을 잃었다.

그는 더 이상 부패한 권력의 심판을 기다리지 않았다.

"나는 나의 법을 만들겠다.

그 법은 자유와 의리 위에 세워질 것이다."

그의 목소리는 분노와 결심으로 떨렸다.

이제 그는 왕의 신하가 아니라,

숲속에서 정의를 실현하는 군도의 두목이 되었다.

이 장면은 부패한 질서 속에서도 인간이 자유와 정의를 위해 서는 모습을 보여줍니다. 필사하며 내가 지키고 싶은 정의와 그를 위해 감수할 것을 떠올려 보고, 이어서 "나는 불의 앞에서 어떤 선택을 할 것인가?"를 자문해 보세요.

노부인의 방문 프리드리히 뒤렌마트

부의 대가

"정의는 돈으로 살 수 있다."

억만장자가 된 클레어는 수십 년 만에 고향 길렌으로 돌아왔다.

그녀는 마을 사람들 앞에서 담담히 말했다.

"일억을 주겠다.

대신, 알프레드를 죽여라."

처음에는 모두 분노했다.

하지만 가난과 빚은 그들의 눈빛을 서서히 바꿔놓았다.

정의와 양심은 무겁지 않았다.

돈 앞에서, 그것들은 너무나 가벼웠다.

이 장면은 인간의 도덕이 얼마나 쉽게 무너질 수 있는지를 적나라하게 드러냅니다. 필사하며 내가 양심을 흔드는 유혹을 받았던 순간과 그때의 대응을 떠올려 보고, 이어서 "나는 무엇과 맞바꾸어 양심을 팔 뻔했는가?"를 자문해 보세요.

074 　모래 사나이　E. T. A. 호프만

눈 속의 어둠

"그는 내 눈을 가져갈 것이다."

나탄엘은 어릴 적 아버지의 서재 문틈으로

모래 사나이가 찾아오는 모습을 보았다.

그 형체는 뚜렷하지 않았지만,

차갑고 날카로운 기운이 온몸을 휘감았다.

그 이후로도 그는 종종

눈을 잃는 꿈에 시달렸다.

그리고 성인이 된 지금,

그 공포는 실재와 환상의 경계를 무너뜨리고 있었다.

이 장면은 어린 시절의 공포가 성인이 되어서도 마음을 지배할 수 있음을 보여줍니다. 필사하며 나를 괴롭혀온 두려움이 지금의 나를 어떻게 만들었는지 떠올려 보고, 이어서 "나는 어떤 환영에 사로잡혀 현실을 왜곡했는가?"를 자문해 보세요.

075 체스 이야기 <small>슈테판 츠바이크</small>

고독이 만든 수

"감옥은 나를 부수지 않았다.

다만, 나를 체스판 속에 가두었을 뿐이다."

배 안에서 벌어진 세계 챔피언과의 친선 경기.

그 자리에서 한 사나이가 뜻밖의 한 수를 두었다.

그의 손길에는 망설임이 없었고,

눈빛은 오래된 기억을 꺼내듯 깊었다.

나중에 알게 된 건,

그가 수년간 독방에서 오직 체스 책 한 권만 읽으며

살았다는 사실이었다.

외로움은 그를 미치게도 했지만,

또한 그를 그 누구보다 날카롭게 만들었다.

이 장면은 고독과 집착이 인간을 파멸과 비범함, 두 갈래 길로 이끄
는지를 보여줍니다. 필사하며 고립과 단절의 시간이 내게 남긴 것
과 빼앗아간 것을 떠올려 보고, 이어서 "나는 어떤 고립 속에서 새
로운 무기를 얻었는가?"를 자문해 보세요.

076 마의 산 토마스 만

정지된 시간 속에서

"이곳에서는 시간이 흐르지 않는다.

아니, 흐르는 것 같지만 원을 그린다."

요양원의 하얀 복도는 고요했고,

창밖의 설원은 하루하루 똑같이 눈부셨다.

한스는 이곳에서 사람들의 병과 죽음을 지켜보며

자신의 삶이 멈춰 선 듯한 감각에 사로잡혔다.

그러나 그 고요 속에서,

그는 이전에 몰랐던 사색의 깊이를 알게 되었다.

삶이란 앞으로만 나아가는 것이 아니라,

때로는 멈춰 서서 숨을 고르는 시간이기도 했다.

이 장면은 멈춤이 결코 무의미한 시간이 아님을 깨닫게 합니다. 필사하며 내 삶에서 시간이 멈춘 듯 느껴졌던 순간과 그때 배운 것을 떠올려 보고, 이어서 "나는 어떤 정지 속에서 나를 다시 보았는가?"를 자문해 보세요.

077 발렌슈타인 프리드리히 실러

충성과 야망의 경계

"왕관을 쓰려는 자는 무거운 의심도 함께 이겨내야 한다."

전쟁의 영웅 발렌슈타인은 황제의 총애를 받았지만,

그 총애는 언제든 의심으로 바뀔 수 있었다.

그는 자신이 쌓아올린 힘과 명성을

충성으로 지킬 것인지,

아니면 새로운 권력으로 바꿀 것인지 고민했다.

침묵 속에서 그의 결심은 날카롭게 다듬어졌다.

그리고 그 선택은,

결국 그의 운명을 삼켰다.

이 장면은 권력과 관계 속에서 길을 선택하는 용기와 위험을 보여
줍니다. 필사하며 내가 원하는 목표와 그를 위해 감수해야 할 무게
를 떠올려 보고, 이어서 "나는 어떤 순간에 충성과 야망 사이에서
갈등했는가?"를 자문해 보세요.

078 유대인 마을의 하얀 옷 카를 에밀 프란첸

마지막 옷

"하얀 옷은 죽음을 위한 것이 아니라, 떠남을 위한 것이다."

그는 의연하게 하얀 옷으로 갈아입었다.

손끝은 조금 떨렸지만, 눈빛은 고요했다.

이 옷은 슬픔을 덮는 천이 아니라,

새로운 길을 향한 준비였다.

마을 사람들은 침묵 속에서 그를 바라보았다.

마지막 인사는 없었다.

오직 하얀 옷이 그를 감싸며

이승과 저승의 경계를 넘어가게 했다.

이 장면은 죽음조차 새로운 시작으로 받아들이는 인간의 품위를 보여줍니다. 필사하며 내가 언젠가 내려놓아야 할 것과 그 내려놓음이 의미하는 변화를 떠올려 보고, 이어서 "나는 무엇을 내려놓고 떠나야 할 준비가 되었는가?"를 자문해 보세요.

운디네 루트비히 티크

물의 심장

"나는 물에서 태어났지만,

너를 사랑하며 처음으로 심장을 얻었다."

운디네는 잔잔한 호숫가에서 연인을 바라보았다.

그녀의 눈동자에는 깊고 투명한 물빛이 일렁였다.

인간의 사랑은 그녀에게 축복이자 저주였다.

사랑을 지키면 영혼을 얻지만,

배신당하면 물속으로 돌아가 그 모든 것을 잃어야 했다.

그 순간,

그녀의 목소리는 파도처럼 부드럽고도 슬펐다.

이 장면은 사랑이 한 존재의 본질까지 바꿀 수 있는 힘을 지녔음을 보여줍니다. 필사하며 내가 사랑으로 인해 얻은 것과 잃은 것을 떠올려 보고, 이어서 "나는 어떤 사랑으로 처음의 나를 바꾸었는가?"를 자문해 보세요.

080 난쟁이 노섬 빌헬름 하우프

거울 속의 나

"내 얼굴은 변했지만, 내 심장은 그대로다."

소년은 저주에 걸린 뒤 처음으로 거울을 마주했다.

낯선 얼굴과 왜소한 몸이 그를 조롱하듯 비쳤다.

한동안 눈을 돌리고 싶었지만,

마침내 그는 고개를 들었다.

모습이 달라졌다고 해서

마음까지 왜소해지는 것은 아니었다.

그는 결심했다.

이 몸으로도, 세상 앞에 설 수 있다고.

이 장면은 내면의 존엄과 용기가 어떻게 지켜지는지를 보여줍니다.
필사하며 외적인 변화 속에서도 변하지 않는 본질을 떠올려 보고,
이어서 "나는 어떤 변화를 겪고도 지켜낸 나의 모습은 무엇인가?"
를 자문해 보세요.

세계명작, 명장면으로 문학을 담다

PART 4

러시아문학
20선

죄와 벌 표도르 도스토예프스키

무너지는 벽

"나는 사람을 죽였다… 나 자신까지 함께 죽였다."
라스콜니코프의 목소리는 거의 속삭임이었지만,
그 속에는 무거운 돌덩이가 굴러내리는 소리가 담겨 있었다.
그동안 쌓아 올린 모든 이론과 정당화는
소냐의 맑은 눈 앞에서 힘없이 무너졌다.
그는 비로소 깨달았다.
죄는 법을 어기는 것이 아니라,
자신의 영혼을 배반하는 것이었다.

이 장면은 참회가 죄의 인정에 그치지 않고 영혼을 다시 일으켜 세우는 시작임을 보여줍니다. 필사하며 나의 잘못이 타인뿐 아니라 나 자신에게 남긴 상처를 떠올려 보고, 이어서 "나는 어떤 순간에 내 양심을 배반했는가?"를 자문해 보세요.

082 전쟁과 평화 레프 톨스토이

전쟁터의 하늘

"저 하늘은 나를 위해, 그리고 모두를 위해 열려 있다."

전투의 소음이 멀어지고,

안드레이 공작은 쓰러진 채 푸른 하늘을 올려다보았다.

거대한 구름이 느릿하게 흘러갔다.

그 순간, 전쟁도, 야망도, 명예도

모두 하찮아 보였다.

오직 살아 있음과,

하늘 아래 함께 존재하는 것만이

진정한 기적이었다.

이 장면은 인간의 운명과 평등함, 그리고 전쟁 속에서도 빛나는 생의 본질을 보여줍니다. 필사하며 삶에서 나를 겸허하게 만든 순간과 그때 깨달은 가치를 떠올려 보고, 이어서 "나는 어떤 순간에 세상의 크기와 나의 작음을 느꼈는가?"를 자문해 보세요.

카라마조프가의 형제들 표도르 도스토예프스키

모든 이의 죄 앞에

"너는 모든 사람의 죄에 대해 자신이 책임이 있다고 믿어야 한다."

조시마 장로의 목소리는 나지막했지만,

그 말은 알료샤의 마음 깊숙이 스며들었다.

그는 누군가의 잘못을 심판하기보다,

먼저 자신의 마음을 살피라고 했다.

사랑은 판단을 넘어서는 것이며,

용서는 그 사랑의 가장 깊은 열매였다.

알료샤는 고개를 끄덕였다.

그날 이후, 그는 세상을 바라보는 눈이 달라졌다.

이 장면은 인간관계의 가장 깊은 치유가 사랑과 용서에서 비롯된다는 것을 보여줍니다. 필사하며 누군가의 잘못을 비난하기 전에 내가 줄 수 있는 이해와 연민을 떠올려 보고, 이어서 "나는 누구를 용서하지 못하고 있는가?"를 자문해 보세요.

 **안나 카레니나** 레프 톨스토이

끝없는 어둠 속으로

"모든 것이 끝났다. 이제 남은 건 고요뿐이다."

기차역의 소음과 사람들의 발걸음이

안나의 귀에는 멀고 흐릿하게 들렸다.

그녀는 차가운 공기 속에서 숨을 고르며

자신의 삶이 한 점으로 좁혀져 오는 것을 느꼈다.

사랑은 기쁨이었지만, 동시에 멍에였다.

어디에도 속하지 못한 채,

그녀는 스스로를 놓아주기로 했다.

이 장면은 사랑과 자유, 고독의 경계에서 인간이 맞닥뜨리는 극단적인 선택의 순간을 보여줍니다. 필사하며 내가 느꼈던 절망과 그 속에서 내린 결심을 떠올려 보고, 이어서 "나는 어떤 순간에 모든 것을 내려놓고 싶었는가?"를 자문해 보세요.

갈매기 안톤 체호프

나는 참아낼 것이다

"이제 나는 알았어요. 예술은 영광이 아니라 인내라는 걸."

니나의 목소리는 떨렸지만 단호했다.

그녀는 방황과 실패, 그리고 고독 속에서도

다시 무대에 서겠다고 말했다.

사랑은 사라졌고, 청춘의 꿈은 상처로 남았지만

그녀의 눈빛에는 꺼지지 않는 불씨가 있었다.

삶이 날개를 꺾어도,

그녀는 다시 날아오르기로 했다.

이 장면은 상실 속에서도 자기 길을 선택하는 용기와 그 길을 지켜내는 인내의 의미를 전합니다. 필사하며 내가 지켜내고 싶은 일과 포기하지 않으려는 이유를 떠올려 보고, 이어서 "나는 무엇을 위해 끝까지 버틸 수 있는가?"를 자문해 보세요.

 **벚꽃 동산** 안톤 체호프

사라지는 봄의 집

"저 벚꽃은 여전히 피지만, 나는 더 이상 그 속에 살지 않는다."

루바는 창밖을 바라보았다.

눈부신 꽃잎이 바람에 흩날렸지만,

그 향기는 이제 낯설었다.

집도, 땅도, 추억도

모두 다른 이의 손에 넘어갔다.

남아 있는 것은,

시간이 흘러도 사라지지 않는 아련한 향기뿐이었다.

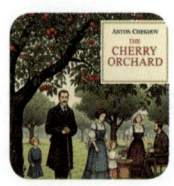

이 장면은 변화와 상실 속에서도 추억의 잔향이 오래 남음을 보여 줍니다. 필사하면서 한 시절이 끝나며 느낀 허무와 그 안의 아름다움을 떠올려 보고, 이어서 "나는 어떤 장면에서 지난 시절을 떠나보냈는가?"를 자문해 보세요.

필사후기

087 세 자매 안톤 체호프

그래도 살아가야 한다

"우리는 진실을 알지 못해도 살아가야 한다."
올가는 떨리는 목소리로 말했다.
이리나와 마샤는 눈물을 삼키며
서로의 손을 꼭 잡았다.
희망했던 모스크바의 꿈은 멀어졌지만,
그들은 알았다.
삶은 계속 흐르고,
그 속에서 해야 할 일은
그저 묵묵히 걸어가는 것뿐임을.

이 장면은 삶의 불확실성과 상실 속에서도 인간이 계속 나아가야 하는 이유를 보여줍니다. 필사하며 목표를 잃었을 때도 붙잡을 수 있는 나만의 이유를 떠올려 보고, 이어서 "나는 무엇이 없어져도 여전히 살아갈 수 있는가?"를 자문해 보세요.

088 지하로부터의 수기 표도르 도스토예프스키

나는 병들어 있다

"나는 병들어 있다… 그렇다, 나는 악하다."

그의 목소리는 비웃음과 자책이 뒤섞여 있었다.

그는 자신이 비겁하고 무력하다는 사실을 알면서도,

그 무력함을 붙잡고 놓지 않았다.

행동 대신 끝없는 생각 속에 갇혀,

스스로를 파괴하는 길을 선택했다.

그것이 불행임을 알면서도,

그는 그 불행 속에서만 자신을 느낄 수 있었다.

이 장면은 인간 내면의 자기파괴적 성향과 벗어나지 못하는 심리를 날카롭게 드러냅니다. 필사하며 내 안의 모순과 그것을 놓지 못했던 순간을 떠올려 보고, 이어서 "나는 왜 스스로를 가두는가?"를 자문해 보세요.

필사후기

초원 안톤 체호프

끝없는 하늘 아래

"초원은 끝이 없었고, 하늘은 그보다 더 넓었다."

예고르는 마차에 몸을 기댄 채 먼 지평선을 바라보았다.

바람은 풀꽃의 향기를 실어 나르고,

그 속에서 그는 자신이 얼마나 작은 존재인지 느꼈다.

도시는 멀고, 길은 끝이 없었다.

그러나 이 고독 속에서

그는 묘한 평온을 발견했다.

이 장면은 인간의 유한함과 자연의 무한함이 마음을 동시에 압도하고 위로하는 순간을 보여줍니다. 필사하며 광활한 자연 속에서 느낀 자유와 그 안에 스며든 고독을 떠올려 보고, 이어서 "광활함 앞에서 나는 무엇을 느끼는가?"를 자문해 보세요.

090 예브게니 오네긴 A. S. 푸시킨

사랑하지만, 떠나야 한다

"나는 여전히 당신을 사랑해요…

하지만 나는 다른 사람의 아내입니다."

타치아나는 눈을 피하지 않고 말했다.

그녀의 목소리에는 흔들림이 없었지만,

그 심장은 고통으로 쥐어짜였다.

운명은 둘을 다시 만나게 했지만,

그 사랑은 이제 붙잡을 수 없는 것이었다.

그녀는 뒤돌아 서서,

영원히 닫힌 문을 향해 걸어갔다.

이 장면은 사랑과 의무 사이에서의 결단이 인간을 얼마나 성숙하게 만드는지를 보여줍니다. 필사하며 붙잡을 수 없는 것을 떠나보낸 경험을 떠올려 보고, 이어서 "나는 무엇을 사랑하면서도 놓아야 했는가?"를 자문해 보세요.

091 외투 니콜라이 고골

작은 기적의 온기

"마치 새 삶이 어깨 위에 내려앉은 듯했다."

아카키예비치는 새 외투를 조심스레 걸쳤다.

부드러운 모직의 감촉과 따뜻한 무게가

그를 세상에서 가장 부유한 사람처럼 만들었다.

동료들의 웃음소리와 축하가

한겨울 저녁을 환하게 비췄다.

하지만 그 온기 속에서도

그는 알았다.

이 기적이 오래 가지 않으리라는 것을.

이 장면은 삶의 가장 빛나는 순간이 종종 사소한 온기 속에 숨어 있음을 보여줍니다. 필사하며 작지만 소중했던 순간을 떠올려 보고, 이어서 "나는 어떤 작은 기적에 마음이 녹았는가?"를 조용히 자문해 보세요.

092 아버지와 아들 <small>이반 투르게네프</small>

마지막 인사

"잘 있어요… 아버지, 어머니."
바자로프는 힘겹게 미소 지었다.
그의 손을 잡은 어머니의 눈에서는
끊임없이 눈물이 흘렀다.
아버지는 아무 말 없이,
그 손을 두 손으로 감싸 쥐었다.
젊음과 신념으로 가득했던 아들은
이제 조용히 세상과 작별하고 있었다.
남은 건, 사랑하는 이들의 온기뿐이었다.

이 장면은 세대와 신념의 갈등을 넘어 끝내 남는 것이 가족의 사랑임을 전해줍니다. 필사하며 가장 소중한 이들과의 마지막 순간을 떠올려 보고, 이어서 "나는 떠나는 순간에 무엇을 남기고 싶은가?"를 자문해 보세요.

093 감찰관 니콜라이 고골

착각 위에 세운 환대

"이 마을은 모든 것이 모범적입니다, 각하!"

시장과 관리들이 허리를 굽히며 말했다.

그들은 젊은 감찰관을 은밀히 관찰하며

그의 눈빛에서 권력의 냄새를 맡았다.

허위 보고와 과장된 칭찬이 쏟아지고,

웃음 뒤에는 계산된 불안이 숨었다.

당사자인 감찰관 역시

이 오해를 바로잡을 생각이 없었다.

오히려, 이 기묘한 환대가

그를 은근히 즐겁게 했다.

이 장면은 권력 앞에서 드러나는 인간의 위선과 그 기만의 구조를 날카롭게 드러냅니다. 필사하며 겉과 속이 다른 인간 군상을 떠올려 보고, 이어서 "나는 착각을 바로잡기보다 이용한 적이 있는가?"를 자문해 보세요.

필사 후기

207

094 우리 시대의 영웅 미하일 레르몬토프

냉소 속의 고백

"나는 사랑한 적이 있지만, 그 사랑을 지키려 한 적은 없다."

페초린은 창밖의 어두운 산맥을 바라보며 말했다.

그의 목소리에는 후회도, 미련도 없었다.

그는 사랑을 즐겼으나, 그것이 끝나는 순간에도

단 한 방울의 눈물조차 흘리지 않았다.

자신의 운명을 타인의 가슴에 새겨놓고,

그 상처를 외면하며 걸어온 삶.

그것이 그가 아는 유일한 방식이었다.

이 장면은 한 시대의 허무와 방황이 한 인간의 성정에 어떻게 스며
드는지를 보여줍니다. 필사하며 사랑과 무심함의 경계를 떠올려 보
고, 이어서 "나는 왜 어떤 관계를 지키지 않았는가?"를 차분하게
자문해 보세요.

095 백치 표도르 도스토예프스키

상처 입은 이를 향한 청혼

"당신이 어떤 과거를 지녔든,

나는 당신을 존경하고 사랑합니다."

미쉬킨 공작은 흔들림 없는 눈빛으로 말했다.

그의 말은 위로이자 용서였고,

그 순간 나스타샤의 눈가에는 눈물이 맺혔다.

세상은 그녀를 타락했다고 손가락질했지만,

그의 시선은 한 번도 그녀를 정죄하지 않았다.

그는 상처를 껴안고, 함께 살아가길 원했다.

이 장면은 사랑이란 완벽함이 아니라 상처 입은 사람을 껴안는 용기임을 보여줍니다. 필사하며 누군가를 있는 그대로 받아들였던 경험을 떠올려 보고, 이어서 "나는 타인의 과거를 어떻게 받아들였는가?"를 자문해 보세요.

필사후기

096 거장과 마르가리타 미하일 불가코프

사랑을 위한 거래

"그를 살릴 수 있다면, 나는 무엇이든 하겠다."

마르가리타의 목소리는 낮았지만 단호했다.

달빛 속에서 그녀의 그림자가 길게 늘어졌고,

그 앞에 앉은 이방인의 눈이 번쩍였다.

세상과 맞서는 일도, 자신의 영혼을 내어주는 일도

이제 그녀에게는 두렵지 않았다.

그의 생명을 되찾는 것이

그녀의 전부였기 때문이다.

이 장면은 헌신과 위험, 그리고 사랑이 가진 파괴적 아름다움을 동시에 보여줍니다. 필사하며 자신이 사랑을 위해 어디까지 갈 수 있는지, 그 경계와 대가를 떠올려 보고, 이어서 "나는 사랑을 위해 무엇까지 감수할 수 있는가?"를 자문해 보세요.

필사후기

097 죽은 영혼들 니콜라이 고골

죽은 자의 거래

"살아 있지 않은 영혼들을, 내가 사들이고 싶습니다."

치치코프의 말에 지주가 눈을 크게 떴다.

황당한 제안이었지만,

그 속에는 알 수 없는 꿍꿍이가 숨어 있었다.

종잣돈을 쓰지 않고도 부를 쌓으려는 그의 계산,

그리고 그 계산에 말려드는 인간들의 탐욕.

문서 위에서만 존재하는 '영혼'들이

금전의 값으로 바뀌는 순간,

마을의 공기는 묘하게 들떠 있었다.

이 장면은 인간의 탐욕과 허영이 허무한 거래마저 진지하게 만드는 모습을 풍자합니다. 필사하며 눈에 보이지 않는 가치와 그것을 사고파는 인간 심리를 떠올려 보고, 이어서 "나는 실체 없는 것을 위해 얼마나 움직였는가?"를 자문해 보세요.

필사후기

098 닥터 지바고 보리스 파스테르나크

혼란 속의 재회

눈발이 흩날리는 거리 한가운데,
그녀가 서 있었다.
유리는 한순간 숨이 멎는 듯했다.
오랜 세월과 수많은 이별이 있었지만,
라라의 눈빛은 변하지 않았다.
그들은 서로를 바라보았고,
그 시선 속에는 그동안 하지 못했던
모든 말과 눈물이 담겨 있었다.
전쟁도, 굶주림도, 세상의 혼란도
그 순간만큼은 멀어졌다.

이 장면은 전쟁과 혼란 속에서도 인간을 지탱하는 것이 사랑임을 보여줍니다. 필사하며 사랑하는 이와의 재회 장면을 상상하며 감정을 담아 써 보고, 이어서 "나는 어떤 순간에 세상의 소란이 사라졌는가?"를 자문해 보세요.

 **밑바닥에서** 막심 고리키

절망 속의 한 줄기 빛

"사람은 믿음 없이는 살 수 없어."
늙은 루카의 목소리는 낮았지만 따뜻했다.
하숙방의 눅눅한 공기 속에서,
그 말은 희미한 등불처럼 번졌다.
주름진 손을 무릎 위에 얹은 그는
모두가 포기한 삶 속에서
아직 포기하지 말아야 할 무언가를 말했다.
그 말을 들은 이들의 눈빛이
잠시나마 부드러워졌다.

이 장면은 밑바닥에서도 꺼지지 않는 인간다움의 불씨를 보여줍니다. 천천히 필사하며 내가 붙잡고 있는 믿음이 무엇인지 곱씹어 보고, 이어서 "나는 무엇을 끝까지 믿고 있는가?"를 조용히 자문해 보세요.

100 페테르부르크 안드레이 벨리

안개 속의 도시

회색 안개가 네바 강 위로 내려앉았다.
거리는 그림자와 소음으로 가득했고,
멀리서 울리는 발자국 소리가
점점 더 가까워졌다.
도시는 숨을 죽인 듯 고요했지만,
그 고요 속에는 무언가 폭발 직전의
팽팽한 긴장이 숨어 있었다.
그 순간, 주인공은
자신이 도시와 하나의 심장으로
뛰고 있음을 느꼈다.

이 장면은 도시가 단순한 배경이 아니라 인물의 심리와 함께 숨 쉬는 존재임을 보여줍니다. 필사하며 도시의 풍경이 주는 압박감과 불안을 떠올려 묘사해 보고, 이어서 "나는 어떤 공간에서 설명할 수 없는 긴장을 느낀 적이 있는가?"를 자문해 보세요.

필사후기

세계명작, 명장면으로 문학을 담다

PART 5

일본, 중국, 기타문학
15선

101 인간 실격 다자이 오사무 _ 일본

웃음 뒤의 절망

"나는 사람들의 웃음을 흉내 내는 법만 배웠다."

요조는 그렇게 말하며,

마치 연극 무대 위에 선 배우처럼

표정을 바꿨다.

그 웃음 속에는 두려움과 공허,

그리고 들키고 싶지 않은 깊은 절망이 숨어 있었다.

그는 사람들과 섞이기 위해

더욱 환하게 웃었지만,

그럴수록 마음 속의 어둠은

짙어져만 갔다.

이 장면은 인간관계 속에서 드러내지 못한 자신의 진짜 얼굴을 직시하게 합니다. 필사하며 내가 감춘 표정과 그 이면의 감정을 떠올려 보고, 이어서 "나는 무엇을 숨기기 위해 웃었는가?"를 자문해 보세요.

필사후기

102 마음 나쓰메 소세키 _ 일본

마음의 그림자

"인간의 마음은 바다보다 깊고, 밤보다 어둡다."
선생님의 글씨는 떨리고 있었다.
그가 숨겨온 이야기는 오랜 세월
그의 삶을 옭아매고 있었다.
친구를 배신했던 순간,
그 마음속에 생긴 그림자는
끝내 사라지지 않았다.
이제 그는 그 무게를 청년에게
조심스럽게 건네고 있었다.

이 장면은 고백이 단순한 사실의 전달이 아니라 마음을 나누는 용기임을 일깨워 줍니다. 필사하며 누군가에게 말하지 못한 기억과 그로 남은 감정을 떠올려 보고, 이어서 "나는 어떤 비밀을 품고 살아왔는가?"를 자문해 보세요.

103 라쇼몽 아쿠타가와 류노스케 _ 일본

선택의 문턱

황혼 속, 버려진 라쇼몽 문루는
바람과 빗물에 씻겨 썩어가고 있었다.
하급 사무라이는 무너져가는 기둥 아래 서서
굶주림과 두려움 사이에서
자신이 무엇을 해야 할지 고민했다.
선과 악의 경계는 이미 희미해졌고,
남은 것은 살기 위해 무엇이든 할 수 있다는
거친 결심뿐이었다.

 이 장면은 인간의 본능과 도덕이 맞서는 가장 첨예한 순간을 보여
줍니다. 차분히 필사하며 도덕적 판단이 흔들렸던 순간을 떠올려
보고, 이어서 "나는 생존을 위해 무엇까지 포기할 수 있는가?"를 자
문해 보세요.

필사 후기

나는 고양이로소이다 나쓰메 소세키 _ 일본

고양이의 관찰일기

"나는 고양이다. 이름은 아직 없다."
인간들은 하루 종일 쓸데없는 말로
방안을 가득 채운다.
그들의 표정은 웃고 있지만,
속마음은 서로를 의심하고 있다.
나는 다다미 위에 누워
그 모습을 가만히 지켜본다.
고양이 눈에는,
인간의 세상도 고양이의 세상만큼이나
우스꽝스럽다.

이 장면은 거리를 두고 세상을 바라볼 때 드러나는 또 다른 진실을 일깨워 줍니다. 필사하며 나를 관찰자의 시선에서 바라보듯 일상의 사람들과 상황을 묘사해 보고, 이어서 "나는 요즘 무엇을 관찰하고 있는가?"를 자문해 보세요.

105 금각사 미시마 유키오 _ 일본

아름다움과 파멸의 그림자

금박이 햇빛을 받아 물결처럼 번졌다.
그 완벽한 곡선과 빛의 결 속에서
나는 숨이 막혔다.
아름다움은 사람을 구원하는 것이 아니라
때로는 그 영혼을 옭아매는 족쇄였다.
그 찬란함 앞에서,
나는 그것을 영원히 소유하고 싶은 욕망과
차라리 불태워버리고 싶은 충동 사이에서 흔들렸다.

이 장면은 미의 절정이 어떻게 파멸의 문턱과 맞닿아 있는지를 보여줍니다. 필사하며 내가 집착했던 어떤 아름다움이 있었는지 떠올려 보고, 이어서 "나는 무엇을 부수고 싶을 만큼 사랑했는가?"를 자문해 보세요.

106 열쇠 다니자키 준이치로 _ 일본

열리지 말아야 할 서랍

나는 그녀의 일기를 열어보았다.
사소한 문장 속에도
나를 향한 감정과 은밀한 욕망이 숨겨져 있었다.
그 글자들은 나를 자극했고,
또한 의심하게 만들었다.
이제 나는 그녀를 사랑하면서도
경계하게 되었고,
그 마음은 욕망과 불신이 얽힌
복잡한 매듭이 되었다.

이 장면은 친밀함 속에 숨은 거리와 경계를 다시 보게 합니다. 필사하며 내가 믿음과 의심을 동시에 품었던 순간을 떠올려 보고, 이어서 "나는 사랑하는 사람의 마음을 어디까지 알고 있는가?"를 자문해 보세요.

아Q정전 루쉰 _ 중국

정신 승리법

아Q는 마을 사람들에게 모욕을 당해도
고개를 빳빳이 들었다.
"그래, 네가 이겼다. 하지만 마음속으로는 내가 더 우월하다."
그는 그렇게 스스로를 위로하며
굴욕을 자랑처럼 바꾸어 버렸다.
패배조차 승리로 만드는 이 기묘한 재주는
그를 계속 버티게 했지만,
동시에 현실을 직시하지 못하게 만들었다.

이 장면은 자기 위안이 생존의 도구가 되면서도 또 다른 굴레가 될
수 있음을 보여줍니다. 필사하며 나 역시 불편한 현실을 스스로 포
장했던 순간을 떠올려 보고, 이어서 "나는 어떤 상황에서 스스로를
속여왔는가?"를 자문해 보세요.

108 광인일기 루쉰 _ 중국

잡아먹히지 않기 위해

그들의 눈빛이 이상하다.

웃고 있지만, 그 속에는 날카로운 이빨이 숨겨져 있다.

마을 사람들, 이웃, 심지어 형까지도

나를 잡아먹으려 한다.

그들의 말 속에, 손짓 속에,

보이지 않는 칼날이 번뜩인다.

나는 그들을 피해 숨지만,

그 발자국 소리는 점점 가까워진다.

이 장면은 불신과 공포가 사람을 어떻게 고립시키는지를 선명하게 보여줍니다. 필사하며 겉과 속이 다른 사람들의 모습을 떠올려 보고, 이어서 "나는 무엇 때문에 사람들을 경계하게 되었는가?"를 자문해 보세요.

 **홍루몽** 차오쉐친 _ 중국

연못가의 마음

보옥은 대옥을 바라보며 조용히 물었다.

"네 눈물이 마르지 않는 이유는, 내가 모르는 슬픔 때문이냐?"

대옥은 고개를 돌렸지만,

그 눈동자 속에는 풀지 못한 매듭이 숨어 있었다.

바람이 연못 위로 스치고,

버들잎이 그들의 사이를 흘러갔다.

말은 다 하지 못했지만,

두 사람은 서로의 마음속에

이미 깊이 닿아 있었다.

이 장면은 사랑이 반드시 언어로 완성되는 것은 아님을 보여줍니다. 차분하게 필사하며 사랑과 슬픔이 뒤섞인 순간을 떠올려 보고, 이어서 "나는 어떤 마음을 끝내 말하지 못했는가?"를 조용히 자문해 보세요.

필사후기

110 가 바진 _ 중국

무너지는 집

적잉은 조용히 문턱을 넘으며 집 안을 둘러보았다.

한때 웃음과 대화가 끊이지 않던 대청마루는

이제 무거운 침묵으로 가득 차 있었다.

그는 오래된 기둥에 손을 얹었다.

시간의 틈새마다 금이 가 있었고,

그 금 속에서 조상들의 목소리가 희미하게 울렸다.

그러나 그 울림은 더 이상 따뜻하지 않았다.

그는 알았다.

이 집은 혈연과 가문의 이름으로 묶여 있지만,

이제는 스스로를 가두는 감옥이 되었음을.

이 장면은 집과 가족의 유대가 때로는 속박이 될 수 있음을 보여줍니다. 필사하며 내가 속한 울타리가 언제부터 나를 억눌렀는지 돌아보고, 이어서 "나는 어떤 전통을 지키고, 어떤 전통을 떠나야 하는가?"를 자문해 보세요.

필사후기

111 낙타상자 라오서 _ 중국

다시 걷는 길

샹쯔는 쓰러진 채 한동안 하늘만 바라보았다.

먼지가 눈에 스며들었지만, 그는 눈을 감지 않았다.

모든 것을 잃었어도, 발은 여전히 땅을 딛고 있었다.

그는 천천히 몸을 일으켰다.

낙타처럼 묵묵히,

다시 한 걸음을 내디뎠다.

앞길이 어디로 이어질지 알 수 없었지만,

멈추는 것만은 스스로에게 허락하지 않았다.

이 장면은 삶의 무게를 묵묵히 견디는 힘이 어디서 오는지를 보여 줍니다. 필사하며 절망 속에서도 다시 걷게 만든 나만의 이유를 떠올려 보고, 이어서 "나는 어떤 상황에서도 놓지 않을 나만의 걸음은 무엇인가?"를 자문해 보세요.

필사후기

돈키호테 미겔 데 세르반테스 _ 스페인

거인을 향한 돌진

"저기 저 거대한 팔을 가진 괴물을 보시오, 산초!"

돈키호테는 창을 움켜쥐며 말을 몰았다.

그의 눈에 풍차는 더 이상 나무와 천으로 된 구조물이 아니었다.

그것은 세상을 위협하는 거인이었고,

그를 쓰러뜨리는 것이 기사로서의 사명이었다.

말굽 소리가 들판을 가르며 울렸고,

순간 거인의 팔이 움직이듯 날개가 돌아갔다.

강풍이 창을 꺾고, 그는 땅바닥에 거칠게 쓰러졌다.

그러나 돈키호테의 눈빛은 여전히 빛났다.

"운명이 오늘은 나를 돕지 않았을 뿐이오."

이 장면은 꿈과 현실 사이에서 넘어져도 다시 일어나는 용기를 보여줍니다. 필사하며 현실의 실패를 꿈의 종말로 여기지 않는 마음을 떠올려 보고, 이어서 "나는 어떤 환상을 끝까지 붙잡고 있는가?"를 자문해 보세요.

필사후기

113 데카메론 조반니 보카치오 _ 이탈리아

이야기로 피어난 생명

피렌체는 침묵에 잠겨 있었다.

검은 죽음이 골목마다 그림자처럼 스며들었고,

종소리는 매일같이 누군가의 마지막을 알렸다.

그 속에서 열 명의 젊은 남녀가 작은 정원에 모였다.

"이곳을 떠나, 하루하루를 이야기로 채웁시다."

그들은 서로의 두려움을 웃음으로 덮으며,

사랑과 기지, 우연과 기적이 얽힌 이야기를 풀어놓았다.

밤이 깊어도 이야기의 불씨는 꺼지지 않았다.

그 불빛 속에서,

죽음의 시대에 오히려 삶이 더 빛났다.

이 장면은 인간이 위기 속에서도 서로의 이야기를 통해 살아남는 힘을 보여줍니다. 필사하며 두려운 상황 속에서도 웃음과 이야기가 주는 생명력을 떠올려 보고, 이어서 "나는 절망 속에서 무엇으로 숨을 이어가고 있는가?"를 자문해 보세요.

114 불안의 책 페르난두 페소아 _ 포르투갈

나를 스치는 그림자

나는 오늘도 창가에 앉아, 거리의 소음을 멀리서 듣는다.

사람들은 무언가를 향해 서두르지만,

나는 그 속에서 한 발짝도 나아가지 못한다.

마음속엔 끊임없는 파도가 일어,

모든 확신을 모래성처럼 무너뜨린다.

때로는 내가 나 자신을 바라보는 관객처럼 느껴진다.

웃음도, 한숨도, 내 것이 아닌 듯 멀다.

세상과 나 사이에는 투명한 유리가 놓여 있고,

나는 그 너머를 바라볼 뿐, 건너가지 않는다.

이 장면은 존재의 불안과 자기 성찰이 삶을 어떻게 지배하는지를 보여줍니다. 필사하며 내면의 고독과 관조의 시선을 글로 옮기며 나만의 '투명한 유리'를 떠올려 보고, 이어서 "나는 왜 세상과 거리를 두고 있는가?"를 자문해 보세요.

115 부러진 날개 칼릴 지브란 _레바논/미국

부러진 날개의 침묵

그녀는 창가에 앉아, 희미한 미소를 지었다.

그러나 그 눈빛엔 깊은 슬픔이 깃들어 있었다.

"우리는 서로를 사랑했지만, 세상은 우리를 허락하지 않았소."

그 말은 마치 꺼져가는 촛불의 마지막 빛처럼 떨렸다.

바람이 커튼을 흔들었고,

그 순간 나는 그녀가 나의 품에서 멀어져 간다는 것을 알았다.

사랑은 여전히 내 안에 있었으나,

그 날개는 이미 부러져 하늘을 날 수 없었다.

이 장면은 사랑이 함께하는 데만 있는 것이 아니라, 놓아주는 고통 속에서도 존재함을 보여줍니다. 필사하며 사랑이 꺾이는 순간의 감정을 떠올려 쓰고, 이어서 "나는 무엇 때문에 사랑을 놓아야 했는가?"를 자문해 보세요.

편집 후기

필사는 나를 비우는 시간이기도 하다.

복잡한 생각들이 한 자, 한 자 정리되고

흩어졌던 감정이 문장의 리듬을 따라 제자리를 찾아간다.

쓰면서 나는 울고, 웃고, 가만히 멈춰 서기도 한다.

그 조용한 시간 속에서, 나는 오롯이 '나'로 존재하게 된다.

무엇을 써야 하냐고 묻는다면, 나는 이렇게 말하고 싶다.

"네 마음을 흔든 문장을 써. 네 안에서 자꾸 되뇌게 되는 그 문장을."

시도 좋고, 소설도 좋다.

슬픔이 많을 땐 따뜻한 문장을,

마음이 어지러울 땐 단단한 문장을 써보자.

그 문장들이 나를 데리고 나를 지나, 더 깊은 나에게로 데려다 줄 것이다

쓰는 일은 결국 나를 이해하려는 노력이다.

그리고 그 끝에 남는 것은 수십 장의 종이가 아니라,

내 안에 쌓인 조용한 사랑 같은 것.

나는 오늘도 책을 읽는다. 그리고 문장을 만나면,

조용히, 다시 펜을 든다.

문장을 따라 쓰며, 나를 살아간다.